中国当代乡土小说文库

乡村情结

■ 刘玉堂 / 著　　山东城市出版传媒集团·济南出版社

图书在版编目（CIP）数据

乡村情结 / 刘玉堂著 . -- 济南：济南出版社，
2019.4（2024.2 重印）
（中国当代乡土小说文库）
ISBN 978-7-5488-3673-5

Ⅰ.①乡… Ⅱ.①刘… Ⅲ.①长篇小说 - 中国 - 当代
Ⅳ.① I247.5

中国版本图书馆 CIP 数据核字（2019）第 066511 号

乡村情结 / 刘玉堂著

出版人　崔　刚
总体策划 / 责任编辑 / 装帧设计　戴梅海

出版发行　济南出版社
地　　址　济南市二环南路 1 号 ^250002
网　　址　www.jnpub.com
电　　话　0531-86131726
传　　真　0531-86131709
经　　销　各地新华书店

印　　刷　山东百润本色印刷有限公司
成品尺寸　150×230 毫米　16 开
印　　张　7.25
字　　数　107 千
版　　次　2019 年 5 月第 1 版
印　　次　2024 年 2 月第 2 次印刷
定　　价　49.00 元

发行电话　0531-86131730/86131731/86116641
传　　真　0531-86922073

刘玉堂，文学创作一级，中国作协会员，曾任山东作协副主席，现为山东作协顾问。

自 1971 年开始文学创作，至今已发表作品 500 多万字，著有中短篇小说集《钓鱼台纪事》《滑坡》《温柔之乡》《人走形势》《你无法真实》《福地》《自家人》《最后一个生产队》《县城意识》《乡村情结》《一头六四年的猪》《山里山外》《刘玉堂幽默小说精选》，长篇小说《乡村温柔》《尴尬大全》，随笔集《玉堂闲话》《我们的长处或优点》《好人似曾相识》《戏里戏外》《所以说》等。作品曾获山东泰山文学奖，上海长中篇小说大奖，齐鲁文学奖，山东优秀图书奖，山东新时期农村题材一等奖，及《中国作家》《上海文学》《萌芽》《鸭绿江》《时代文学》等数十次省级以上刊物优秀作品奖，其随笔数十次获全国报纸副刊协会及省级报纸副刊协会奖。

刘玉堂被评论界称为"当代赵树理"和"民间歌手"，他的作品大都以山东沂蒙山农村为背景，描写农民的善良和执着，显现出来自民间的伦理、地域的亲和力和普通百姓的智慧与淳朴。他的语言轻松、幽默，常让人会心一笑。有关刘玉堂本人及其创作，著名作家李心田曾有诗道：

> 土生土长土心肠，专为农人争短长。
> 堂前虽无金玉马，书中常有人脊梁。
> 小打小闹小情趣，大俗大雅大文章。
> 明日提篮出村巷，野草闲花带露香。

乡村渐远　记忆永存

——中国当代乡土小说文库·刘玉堂专辑总序

刘玉堂

这套书里收录了我最深刻和最坦诚的记忆。

也是无论何时拿出来，我都不会为之脸红和惭愧的文字。它们记载了一个历史时期的段落，一片乡土的昔日，一种记忆的珍藏，或许没有美丽的田园牧歌，但有一种亲历者转述时的恳切。

国之虽大，无非两处所在：一是城市，二是乡村。国人虽众，亦分两群：一是城里人，一是乡下人。我是城里的乡下人。乡下人的习性和格局，注定了我只能紧紧抓着那些真正属于自己血脉里的东西。

本雅明评价《追忆似水年华》时说：世上有一种二元的幸福意志，一是赞歌形式，二是挽歌形式。前者容易辨认，但往往显得肤浅；而后者则往往被理解为苦役、患难和挫折的变体。我认同，所以也努力把这些文字编织成尽可能温情的乡土挽歌。

故而我写苦涩中的温情，无奈时的微笑，孤苦中的向往；有时干脆就是直接捧出一束未经任何加工的原汁原味的野草闲花献给你。用自己的语言，写自己的故事，是我自觉追求并努力实践着的。

大概十多年前，儿子新婚，依照家乡习俗要上喜坟。带儿子儿媳归乡，却找不到他爷爷奶奶的墓地。我无法描述彼时彼境，毕竟不知不觉间，我也很久不曾回到家乡了。所以，除了进入回忆和文字，否则我们绝无可能再回到那片我们一直赞美过的故土与时代。

人类的记忆又有很强的过滤功能。年代久远，许多痛苦甚至悲伤的事情会被过滤掉，留下的多是美好与温馨。"上山下乡"的知青故地重游，未必真的想重回当年的岁月，而是出于一种对青春岁月的留恋。

　　进入城市，或许才真正是几千年乡土中国的必然结局。中国乡土的昔日，其实没有什么美丽的田园牧歌，所谓的乡愁，可能也只是今日在城市中的我们，对记忆的美化，或者并不曾长在乡土之中的人们的臆想。

　　这也就不断提醒我们一个命题：如今的乡土文学应该怎么写？对此，我不能提供一个可期待的角度。但无论何时，我都偏执地认为，这种写作一定是面对自己的，充满诚意的，绝对不会丢弃审美与反省的。同时，这种写作应该赋予苦难以温情，而不是赋予苦难以诗意，至少保有一副写作者正常和普通的心肝，如果再有那么些许的使命感，就更好了。无论时代多么繁花似锦烈火烹油，小日子、小人物，活着，微笑着的众生，才是最值得我们保存和记录的。

　　最后，乡村要复苏，必然要抛弃传统的农耕方式和生活模式，而这些原本是乡村记忆的核心组成部分。乡土又是文明的缩影，即使我们远离村庄，依然也无法改变传承下来的行为方式。所以，我们永远是城里的乡下人，永远会记得起乡愁。但我们的后代可能不是，乡愁亦将与之无关。

　　乡村正在渐行渐远，如果有那么一天，曾经生养过我们这些人的乡土归于消逝，我还是天真地希望，这种消逝带着温情和平静，而所有关于乡土的记忆，则长久地保留下来。

　　亦希望，乡民的后代们进入城市，仍愿意读取先辈们性格中温情脉脉的那一部分记忆。

　　这是我不离不弃的期冀，而记录它们，则是我不离不弃的事业。

　　是为序。

2018-7-31 / 于济南

目　录

第一章　乡村情结

开　篇

　　一九九五年的春夏之交，很多公家单位时兴起了休闲。休闲的标志当然就是一个礼拜休息两天，叫双休日。这件事对于忙忙碌碌的工薪阶层、平时没有机会见面的恋人、家庭幸福的年轻夫妇，以及无暇约会的情人们来说，简直就是天上掉下来的馅饼。可对我这样的"专业坐家"，却让你觉得那是两个漫长的杂乱无章的日子。按说他休闲他的，你干你的呀，可不行，你这里正聚精会神地写着稿子，那边厢却在咣叽咣叽地剁馅子，那怎么写得下去？那回我应某电视台之邀，想写一首关于春节的小歌词，写着写着就随着那剁馅子的节奏来了一段乱七八糟：咱们那个老百姓啊，过年真高兴，高兴、高兴就高高兴……像什么话？而这个双休日，说不定还要来一些也在休闲的亲戚或朋友，一来那就要黏糊上小半天儿……你无处躲无处藏。我遂写了一篇小稿子，谈对休闲的不解和不适应。我说，在这样低薪的大环境里，我就不知道为何会做出这样的规定：干五天活，就要休闲两天。

　　我写道，是与国际接轨？可你有海滨别墅吗？你有高尔夫球场吗？你有自家的轿车吗？重要的是你有钱吗？

　　让你好好玩玩儿或逛逛商店？去哪里玩儿？我们这座城市可以玩儿的地方谁没去过？你那个商店上一个礼拜刚逛过，这才刚过五天又有什么可逛的？还是那个重要的问题，你有钱吗？

　　走走丈人家串串门儿？可你不能每个双休日都走，你每个礼拜天都带着老婆孩子去白吃白喝，脾气再好的老丈人他也得烦，他自己的问题还一大堆，哪还有心思招待你？你若看不出火候来，自作多情地照常去，他就会提提你上一次提溜来的那一条烟两瓶酒是假冒伪劣产品，烟截火，酒呛人，什么玩意儿！距离产生美，距离也生亲情，你在美国留学，好几年不回来，猛不丁回来一次，你瞧你老丈人那个热情！可你事业无成还每个礼拜都去，他就会拿你不当好草，让你买煤球或擦油烟机也是可能的。

你在家里打扫打扫卫生或者夫妻之间进行一点思想交流？那点卫生一个小时就解决问题，哪有那么多的家具或家用电器擦？若是遇见个懒得离婚的家庭，你每周让他厮守上两天，非但不能加深感情，弄不好还加速了他家庭的解体。

你利用这两天下下海、做个小买卖儿？可你是上班族，而且你也太老实，你不适合。

但又必须得休闲。

一休闲两天，急坏了出差的人。他恰巧就是礼拜五来的，他原想明天到某机关联系个事儿的，来到之后才知道他们不上班在家休闲，而且后天还休闲，你就得等，你心急火燎，埋怨城里人毛病特别多。

也愁坏了小酒馆的小老板儿。外地人知道你休闲，人家不在这两天里来了；当地人正在家里休闲，有的是时间自己动手改善生活，哪还会到你那个小酒馆里挨你宰？

也忙坏了派出所的同志们。那两天里各种刑事案件或民事纠纷会格外多，小流氓及失足青年们会格外猖狂，他们将自己没钱的痛苦加在那些休闲人的身上……

我还说，好在农村不休闲，若是农村也来这一套，你这里小麦熟了，却一定要等两天之后再收割，就像当年学习"老三篇"雷打不动一样，非要在那里休闲不可，一场大雨来了，再夹杂点冰雹什么的，那就麻了烦……毁了，说曹操曹操到，说下雨真格地就下起来了，不知我家乡的小麦割了没有？如果没割问题不大吧？如果有问题，他们这会儿肯定急得要命，而我却在这里休闲……

这小文章一发表，哎，还有点小反响，一些没钱的读者来信表示同感，有的还建议给国务院写人民来信，像取消夏时制一样也把这个每周休闲两天取消了它；一评论家则说他看到了一个疲惫不堪而又不会休闲的作家的无奈与沉重，反映的是一个敏感的社会问题：没钱的人休闲的困惑；表达的是一种针砭时弊的大感觉、大遐思，透露出的是一种显而易见的乡村情结。

我对这个"乡村情结"感兴趣。你觉得评论家们真厉害，你所有的思想背景、情感依据、生活体验、写作意图都逃不过他的眼睛；他们还会制造出许多既准确又时髦的流行话语，你不认可不行。这个"乡村情结"就比乡村情感、乡土情思什么的准确得多，也时髦得多。

而且，我在那段时间里也确实发生了点可以为"乡村情结"做注脚的小故事……

"块儿长" 韩露

一切都是那个"献出一份爱心，托起明天的太阳"的活动引起的。春天的时候，电视台的朋友请了一批小客人，年龄在十至十五岁不等，全是些贫困山区的失学儿童。他们在省城被有关部门的领导同志接了见，参观了大学的教室，与某实验小学结成了"手拉手"，穿上了印有"矿泉水"字样的文化衫，玩了儿童乐园，还去一些新闻单位做了客，而后即热泪盈眶地诉说了他们失学的原因……

那帮孩子在省城活动的那几天里，电视上每天都有报道。完了再打出救助失学儿童的具体措施，诸如什么时间到什么地点去捐款捐物或结成长久的"一帮一"之类。其用意当然是要动员大家人人都献出一份爱，帮助这些孩子及所有的失学儿童有一个重新读书的机会；再就是让他们亲身感受一下社会的温暖，激励他们好好上学读书，其余还有什么呢？噢，电视台本身也因此提高一下收视率，由此做成的专题节目还会拿奖也是可能的。你在承认它的轰动效应和社会效益的同时，就不能不承认这点子出得真是绝。

我就是看了电视之后找到电视台的朋友，让他们分配一个给我的。我希望他们分给我一个清纯、可人的小女孩。在我人到中年之后，我特别羡慕那些让女儿挽着胳膊散步的人。我的儿子从上小学开始就闹独立性，从不跟我一起散步；如今他已是大小伙子了，就更不敢奢望他能跟你一起散散步。所谓救助，其实一年才拿六十块钱，这等于我的一篇小随笔的稿酬或一条乐福门香烟。我供她上学，在经济上等于我每年多写一篇小随笔或少抽一条乐福门，确实是小菜一碟。我还想另外进行一些必要的感情投资，从现在开始一直供她读完大学，待我老了之后她能来看看我，当然也希望她届时能陪着咱散散步什么的，我即足矣。

电视台的朋友正是出这点子的"块儿长"，叫韩露，一个既能采访又能做主持人的大姐大式的人物。她集记者的能量和主持人的漂亮于一身，精力充沛，丰姿绰约，小点子不绝，满口的流行话语，什么版块儿了，整合了，操作了，层面了……比评论家还能制造新词儿。她负责一个叫作"女人街"还是什么传真的版块儿，我认识她之后即叫她块儿长，她也答应，"韩块儿长"，"哎——"，"露老板"，"哎——"。小普通话说得挺甜、挺软，听起来很舒服。当然，她为人也比较随和，洋话也说，粗话也来，给人一个既温柔又坚强、既可上厅堂又能下厨房的那么种感觉。

近几年，用我老婆的话说，我在小说创作方面是江郎才尽、理屈词穷，我遂经常在报屁股上写些小文章，挣点稿费混口饭吃。哎，不想歪打正着，无心插柳，小文章还有大影响，一下子整了点小知名度出来。一些报纸的专栏或电台电视台的版块儿就经常约我谈一些诸如潇洒了，美容了，男人的私房钱了，你心目中的好女人了，甚至"AA"制、试婚、情人之类的稀奇古怪的话题。我偶尔到小饭馆里喝个小酒儿，小老板儿认出我来，还给予八折之优惠。我即感觉良好地乐此不疲，当然也逼着我多看点书，多思考些问题。我有时来它个逆向思维，你说好我偏说不好，你提倡美容，我偏要提倡天然去雕饰，淡妆才相宜。我说女人和男人的美容，其实是一个加减法的问题，女人美容，是逮着各种化妆品拼命往脸上加，男子美容则尽量把脸上多余的东西往下减，比方理发刮胡子；女人将油往脸上擦，男子将油往鞋上擦等等。正如不时髦在太多的时髦中也是时髦一样，我的一些朴素的农民式的小观点，他们还觉得有点小深刻。这么的，韩露找我来了。

噢，我前面一般化地说韩露漂亮不对了，她应该是美，那种三十岁少妇成熟而又自信的美。漂亮往往给人以浅薄之感，而美却包括气质、魅力乃至实力、背景、尊严等等的在里面。她热情，大方，自来熟，喜欢替人做主，说完了正事儿即以命令的口气："把你这个电视换了，什么年代了，还看这玩意儿！还有你这套沙发，与书橱的颜色也不协调。"你就觉得不换不行，是没品位，是农民。

她所说的正事儿，是约我一起采访一个让大人物表扬过的农民企业家，为她们即将拍摄的专题片撰稿。在这么美丽的女人面前，你怎么好拒绝？我遂跟她们去了。

不想那企业家还拒绝采访。他那个厂区门口的墙上就贴着"防火、防盗、防记者"的标语。韩露在车上看见说是："还怪牛×哩！"

我即笑了。

她说："你笑什么？笑我说粗话是不是？"

我说："漂亮女人说粗话特别好玩儿，比不说粗话还文雅似的。"

"什么逻辑！不过我爱听。"完了又说，"他主要是让拉赞助的给拉怕了，咱们不用他赞助。"

不要赞助也不行。我们在那个小县城的宾馆里住下，跟宣传部门接上头儿，宣传部即让新闻科长小巩陪我们采访。小巩对韩露挺崇拜，说以前只是在电视上远远地看着，现在终于见着真人儿了，比电视上还年轻似的。说着话的工夫即指着韩露让服务员认："看看，这个人你们认识吧？"完了就摆他那个科长的架子："哎，你给耿脖儿打个电话，韩主持和王作家来了，他不来陪陪怎么行？"

韩露说："你不会打呀？"

小巩说："我不尿他，我看见他梗梗着脖子一副想打人的架势就来气。"

小巩说的这个"耿脖儿"就是那位企业家，姓耿，名志国。他说现在的耿脖儿可不是前两年的耿志国了，一般的记者不容易见上他，他永远处在百忙之中。"不过你们来了，他该来陪的，这家伙不识字，就认电视，我给他写了那么多报道，他一点血不出，那年一个野班子来拍电视，他一下子拿了八万多，还让导演训得跟孙子似的，这回你们好好敲敲他，噢，还是我亲自给他打电话吧。"

一会儿，耿脖儿来了。他的脖子还真是梗梗着，不知小巩在电话里怎么跟他说的，他一进门即气呼呼地说是："我看看你们是怎么个不一般。"

韩露丈二和尚摸不着头脑："不一般？"

小巩说："是我说的，他们一个是主持人，一个是著名作家，当然不是一般的记者了。"

小巩说话的工夫，我注意到耿脖儿拿眼悄悄地瞥韩露，露出一丝惊异而又懵懂的神情；但话说出来了，又一下子刹不住车，遂嘟哝着我们没提前预约，说来就来了："没有张县长的通知，我不能接待，有一个外商还在厂里等着哩！"说完讪讪地走了。

小巩说："看看，牛吧？狗屁的外商啊，纯他妈拿架子！"

韩露一个电话打到县政府，张县长来了。好吃好喝地招待一番，还跳舞唱卡拉OK，而后即令耿脖儿明天在厂里等着，"你们想怎么采访就怎么采访，还反了他哩。"

韩露笑笑："不过这人挺有个性，怎么想的就怎么来。"

张县长走了之后，我说："你还真行哩，将耿脖儿一下逼到墙角里了。"

"怎么讲？"

我说："安娜·路易斯·斯特朗有一句名言，叫'将对手逼到墙角里'。"

第二天，耿脖儿果然就乖乖地在厂里等着了。我们采访的时候，他即不好意思地坐在我们对面儿，将手指头扳得嘎嘣响。他扳那玩意儿算得上一绝，一般人只能将一根手指扳得响一下，而他每根手指都能扳得响三下。我这里刚要有点不耐烦，韩露说话了："我们说话的时候，你不要将手指头扳得嘎嘣响好吧？镜头在那里对着，你嘎嘣起来没完，让人受得了吗？"

他也就不扳了。

那个片子需要几个耿脖儿和工人一起劳动的镜头，摄像让他在院子里来回搬几趟砖。不想他刚搬了两趟就不耐烦了，他将砖一摔，说是："这么搬不行，那么搬不行，你要我怎么搬？你们需要多少钱吧，我拿。"

韩露含威不露地说是："我们不要钱，就要你搬砖，你平时怎么搬现在就怎么搬，不要在那里表演，我不相信你不会搬砖。"

他乖乖地就又搬去了。

直累得耿脖儿满头汗。我在旁边都有点过意不去了，韩露却依然不依不饶。搬完了砖，又让他拿螺丝刀放到机器上听，而听的过程又是几个反复，将老小子折腾得够呛。耿脖儿竟然没再发作，始终乖乖的。

我悄悄地对韩露说："怎么样？逼到墙角里了吧？漂亮也是一种威严，简直是所向披靡。"

她嘻嘻地说："对你却不管用。"

那个专题片拍得还行，中央电视台播放了，还拿了个党教宣传方面的奖，耿脖儿也挺满意。此后，耿脖儿每次到省城来，总要请我们撮一顿儿。有一次，耿脖儿问我们："上次你们采访完了，小巩没向你们表示点什么呀？"

韩露奇怪地："表示？怎么表示？噢，给我买过一盒化妆品的，还给王老师买了两条烟。"

耿脖儿即说："咳，才给你们这么点东西，他从我那里要了两万块钱走了，说是表示表示，就这么表示呀？还让我报了一大堆出租车票和住宿费，你再怎么防还是防不住这些狗杂碎儿……"

他要告小巩，韩露就说："算了，下边儿的些通讯报道员也挺难的，好不容易上篇稿儿还得靠关系，那笔钱他说不定还留着当招待费呢，招待上边儿来的些记者什么的，你查也查不出来，不过你那个标语也该换换了，不怎么科学是不是？"

……这么的，即跟韩露熟了。

熟了我便知道，韩露社交背景乃至感情经历都挺复杂。关于她的传说挺多，有说她丈夫是个足球替补队员，她迟早要跟他拜拜；也有说她舅舅在国外，她早晚也要走，之所以还没走是因为恋着个级别不低的什么人的。而在我的感觉里面，这与她的为人乃至做派有关。工作的关系，她肯定要接触和熟悉好多人，上至达官显贵，下至三教九流。而她与人交往，一顺眼儿即热情得过分，真正是助人为乐的那么一种境界。加之素话也说，荤话也来，有时还有点双关语的味道，让你怎么寻思都行，就容易给人一种错觉，没事也像有事儿似的。比方，有一次耿脖儿来省城办事儿，她觉得每次都是他请客不好意思，遂将他请到家里让他"尝尝自己的手艺"。那老小子一激动，醉了，当晚竟睡到那里了。而那晚只有她一个人在家。可有事儿没有呢？没有。但说出来或看上去就跟有事儿似的。

这回我请她分个清纯可人的失学儿童给我，她先是不怀好意地说是："我看你动机不纯呀！"

"胡啰啰儿呢，响应你们的号召也有问题？"

"那你干吗一定要个清纯可人的？那还不是感情饥渴？"

"谁感情饥渴还不一定呢。"

"不过我能理解，爱美之心人皆有之，秀色可餐嘛对不对？问题是都拣漂亮的领，剩下些不漂亮的怎么办？"

"抬闲杠呢！"

"不过，我有一个条件，以后我要跟踪报道，直到她考上大学。"

"行，随你怎么跟踪都行。"

韩露遂拣了一个漂亮的来自这座城市南部山区的小女孩分给了我。

她叫小榆儿。

义女小榆儿

小榆儿十一岁，正如我所要求的那样，很清纯，很顺眼，且给人以似曾相识之感。

估计是参加了一系列的活动，又在电视镜头面前被采访过的缘故，这孩子还挺大方，挺有礼貌，小嘴挺甜，一见面即管我叫干爹。

韩露遂在旁边儿起哄："干爹可不是随便叫的，快拿见面礼儿。"

好在我有所准备，才没使我尴尬。待我像其他献爱心的家长一样，请她来我家做客的时候，韩露要跟着，我说："不啰啰儿。"

她说："看看，刚见面就喜新厌旧了吧？"

我瞪她一眼："人家孩子在眼前，怎么说话呢这是？"

"我们可是有跟踪采访的约定。"

"以后再跟踪好吧？你看梁副市长也来领了，你跟踪他不好吗？"

她脸上红一下："你什么意思？"

"没意思，采访他更有号召力一些。"

她说着："谁都可以逼到墙角里，就是你逼不到墙角里。"但还是跟踪梁副市长去了。

小榆儿来到我家，先是有点拘谨很快就大方起来以及我们全家多了一口人似的喜悦自不必说。她在我家一天，我注意到这孩子对两件事情特别感兴趣：一是喜欢看电视，二是喜欢翻抽屉。她说，干爹的家跟电视里一样，那么多书，还有抽屉。我问她，你们家还没有电视吗？她说有过，又卖了。有电灯吗？有。我即在心里筹划着待我将电视更新换代之后将我家的这台送给她。过一会儿，她又说，你看人有多能，那个镜头一对着你，就把你录进去了，连说话的声音也能录，"我在电视上的镜、镜头你看了吗？"

"看了，我就是看了电视才找你的。"

"韩阿姨要跟着咱们采、采访，你怎么不让她来呢？"

我告诉她，电视不是好上的，咱们都是凡人，凡人只有做出了成绩才可以上电视，除此之外由于别的原因上电视都光彩不到哪里去。

她比我想象得要聪明或复杂得多："大干部天天上电视，还能不光彩呀？"

我说："那是因为他们所做的工作重要，并不是他们自己愿意上的。"

她即大人似的嘟囔："你看人家是人，咱也是人，人家这人……"

待我上卫生间的时候，她即拉我书橱及书桌上的抽屉。拉抽屉这件事，是孩子们探索神秘与好奇的普遍心理，并不意味着就想拿什么。而几乎所有人家的抽屉都整齐不到哪里去，如同一些看上去人五人六的小姐们的宿舍差不多都脏乱差一样，越是看上去像模像样的家庭，他那个抽屉就越乱。我家亦然。我上完卫生间回来，她正翻着，她稍稍尴尬了一下说是："看，干爹的抽屉多乱，我帮你整理一下。"

抽屉里面没有什么好东西，大都是些我儿子小时候的玩具、录音带、螺丝刀或者人民币中的小钢镚儿什么的。我说你喜欢什么就拿什么吧。她即拿了一截儿盘在一起的安有线电视时剩下的天线。我问她拿这个干什么呢，她说她家安电视时好用。

"干爹不上班啊？"

我说："我在家里上班，不到单位上班。"

她说："那可是怪恣呀，风刮不着雨淋不着。"

这孩子还挺能说话，说起来喋喋不休。她说她家离市区并不远，四十来里地，翻过两座山就到了；隔得这么近，差别还这么大，是因为父母给她生了个小弟弟，"一票否决"，让村上罚了款；而她上了三年学又失学的原因则是她爹办的个砖厂停办了，腿也给砸断了，拉了一屁股的债。她当然也邀请我抽空去她那个小山庄玩玩儿，说是旁边儿还有个大水库什么的，有山有水，风景挺美，越穷的地方风景就越美，美就美在水库上，穷也穷在水库上。那个村就叫板桥庵，跟一种酒的名字差不多，很好记。她还画了一张去板桥庵的草图给我。

她说话的工夫我就一直在寻思，这孩子怎么会让我有似曾相识之感呢？电视上是刚见过的，但在别的什么地方见过又不可能，我问她："你爸爸妈妈都叫什么名字？"

她说："爸爸叫朱元江，妈妈叫吴花果。"

都是些很俗气的名字，不是熟人的孩子。但她的面相特别是她那好看的鼻子以上的部分确实像个什么人呀，直到她走，我也一直在寻思。

我们常常对自己的孩子缺乏耐心，而对人家的孩子却能循循善诱。她走的时候，我即嘱咐她回去之后常来信，将每次的考试成绩都告诉我，当然也包括有什么困难："信封怎么写你知道吗？"我爱人在旁边听着说我絮絮叨叨跟个娘们儿似的。

小榆儿回去时间不长即来信了。她在信中说，她一回到家，庄上的男女老少就都去看她，问这问那——我完全能想象得出那个小山村会怎么样地迎接这个上过电视的小女孩，有个老太太还管她叫小明星……我在看信的时候，电视上正播着一个广告，一个鼻子挺大的小女孩告诉我们："人家都说我是小明星……"我就想不起她是哪个方面的小明星，有谁管她叫过小明星；而后那小女孩一指空调还是电视来着（没看清）言道："其实真正的明星是它！"

小榆儿还说，这些天来，她的心情一直沉浸在一种节日般的气氛中，激动得她整夜整夜地睡不着觉，一上课就打瞌睡……我回信的时候就又强调了一遍：不要再惦着上电视的事儿了，永远记着我们是凡人，也没有谁真的以为你是什么小明星。

过去的事情那么一件

双休日刚开始的那一段，咱还真是有点"无奈与沉重"。看看周围那一张张熟悉或不熟悉的面孔，全是些亏损的表情，就想到还是"大干快上""一不怕苦二不怕死"那样的口号好。你老是休闲休闲，三休两休就休得人没精神了，如今似乎还不是休闲的时代。

我们这座城市几乎没有春天，你这里刚脱了棉袄，马上就该穿背心衬衣那一套了。五月份还没过完，天便开始热，还不时地停上半天电。老停电老停电，有时还停得没有规律，像我这种用电脑写作的人，就让它治毁了。打着打着，三不知的一下子停电了，打了半天等于没打，丢了。当然可以打一句存一句，问题是搞写作的人总有个非常投入甚至忘乎所以的时候吧？而这时打出来的东西还往往最精彩。它那么不客气地给你丢了，你再重新打的时候就找不着感觉了。我像大多数人家一样，也买了个稳压器。可它只管调压不管停电的问题。在不停电的时候才热闹哩，那玩意儿自动地就发出砸核桃或莲花落打骨板似的声响，有时一次竟响十五下之多。整得你心慌意乱、烦躁不安，甚至看见老婆孩子都生气。我老婆遂让我出去转转、玩玩儿："'外出旅游是个好办法'不是？"此话乃一典故，但具体是怎么个精神，我不说。

这么的，我于一个双休日的第一天，即骑车出去了。我不知为什么就跟老婆撒了个小谎：名义上是至郊区采风，实际上是去板桥庵看小榆儿。

板桥庵乃是一个库区移民新村，二三十户人家住在一个山坳里，山下不远就是一座大水库，一簇簇雪白的山楂花散落在山坡上，白云一般，景色还真是不错。水库旁边的山楂林里影影绰绰有几座红红绿绿的小帐篷，几辆夏利、轻骑之类停靠在附近，那是城里的情侣们在开辟休闲的新领地定了。但板桥庵的穷也是显而易见的，没有正儿八经的土地，看不见像样儿的庄稼，也没什么烟囱之类的乡镇企业的标志。而山楂林里不时地还有些许男男女女正经或不正经的笑声传出，就让你感觉出一种强烈的反差。

其实我一到水库的堤坝上，她就居高临下地看到我了，并立即猜出是我——她后来跟我说的。这小山庄所有住家的院子，前边儿都没有围墙，也无须围。一排排的房子，鳞次栉比，房前一律是高高的地堰，你在小院儿的任何角度看下边儿都可一览无余。因此，我们的久别重逢，她并不怎样地激动，好像早就预料到有这一天似的。所以，永远不要轻视中年人似曾相识的预感，他估计在哪里见到过，差不多就有点缘由。那个小榆儿的母亲还真是我的战友：吴青——吴花果。吴青是她参军时改的名字，她原本就叫吴花果的，复员之后又改回去了。因了那最末一次见面的最后一句话："王黎明，你等着，我一定找个比你强的，也一定活得比你好！"故而这些年也就没产生点忏悔或歉疚的意识出来，甚至还把她给忘了。

她一看见我就跑下来了。一个农村常见的那种长相不错、衣着利索、曾经富裕和漂亮过的女人，当然见面也会握手。她握着我的手翻来覆去地强调"怎么这么巧呢，我寻思就是你"的时候，我在心里计算了一下，她该有三十六七岁了，但显得比实际年龄要年轻，也并不像一般失学儿童之家长那么穷困潦倒。

"怎么这么巧呢，小榆儿回来一说，我就知道是你，有十六七年没见了吧？你是一点也不显老啊。"

"你也不显老，比我想象的要年轻。"

"你是笑话我呀，都成老太婆了，还不老呢，若是在大街上碰见，你肯定认不出我来。"

我们站在那里就老与不老的问题啰啰儿了半天，她也没邀请我去她家坐坐，而是像当年一样"走走，散散步"。

这水库给人一种湖的感觉，当地人也称作板桥湖。我们从大坝上下来，沿着草丛中的小径朝林子深处慢慢走去。她要领我去看看那个板桥庵，"你们文人就喜欢看这玩意儿不是？那是唯一的一点古迹了"。能并行的时候我们就并行，不能并行的地方她就在前边引路。

我有一个经验：女人老不老，一看脖子，二看走路。脖子上的皱纹是不容易掩饰的。年轻女人走路两个肩膀基本上平着，且脚步有弹性；而年龄大些的女人走路肩膀耷拉着。依这两点来观察，她还属于年轻女人的范畴。湖畔的低洼地沟壑纵横，她几次伸手欲拉咱一下而又终于没有拉，她说话的时候就露着我所熟悉的那种羞涩的神情和顽皮般的微笑……这样的形象和身份，说起来好像没什么品位，她不就是个当过几天兵的农家妇女吗？但实际上咱的感觉里面还是觉得有些吸引力。那一会儿咱就觉得她体态丰腴，姿容素丽，如同这山间的清泉与野花，既清澈，又朴素，别有一种风韵和味道。

她说："能见到你也是缘、缘分，可咱们都不谈过去的事情好吗？"

"好。"

"我还希望你来这儿想干什么就干、干什么，不要施舍同情和怜悯，你也无须偿还什么。"

她比我印象中的水平要高。

这就不能不提提过去的事情那么一件。

我比她早参军三年。我认识她的时候刚刚提干，而她刚当了一年兵。那是在一次通讯报道员培训班上，我去那里讲课，我在啰啰儿"'狗咬人不是新闻，人咬狗才是新闻'不对，那个'新近发生的事实的报道'对，但不够全面；是不是叫'新近发生或发现的事实的传播'比较科学啊？"的时候，就注意到一个小圆脸儿、宽额头、大眼睛的姑娘在压抑般地笑，完了还无缘无故地脸红。课后，她找到我，说："咱们还是老乡哩，一听你这个口音我就想笑。"

"不好听是不是？"

"可挺亲切。"

我便知道她在基地一个科研所里做一种叫"判读"的工作，离我所在的政治部不远，不到二里地，我到海边儿散步的时候，就打她们那儿过。那次，她给我的印象是比较漂亮，比较上进，但有点形式主义。之所以说她形式主义，是我发现她走到哪里都背着个黄挎包，看电影或进饭堂都背着，里面当然就装着些毛选之类。我知那个科研所里老家伙居多，是知识分子成堆的地方，且领导班子不团结，每年进三两个女兵全都安排些不重要的行政或服务性工作，一有点公差比方植树了，开运动会了，参加这样的学习班了，就安排她们参加。可到关键时候比方入个党提个干了，绝对没她们的事儿。这些年，她们所就从战士中提了一个行政干部，那还是个很有背景的人物。我曾亲自听她们那个外号叫乔老爷的所长讲，提起来干什么？业务性的工作她们干不了，行政职务就那些，怎么安排？而她所从事的那种叫作"判读"的工作，是个人就能干，无技术性可言，也毫无实用意义。你当一回兵，哪怕就是当个卫生员、驾驶员、炊事员呢，回到地方都有点用场，那个判读哪个部门需要？还没听说过。一般小女兵一分到那个科研所还往往感觉良好，老乡一见面，问分到哪里了，科研所！你呢？炊事班，还管着喂猪！那就两股劲。殊不知，在技术部队喂猪是进步最快的个行当。所以，我看着感觉良好的农村出来的些小女兵就觉得有点悲剧意味儿：费老鼻子劲才弄个女兵当当，可你怎么出来的还得怎么回去，叫"哪里来哪里去"。

那次培训班结束之后，她写了稿子经常拿来让我改，但往往改不成。不是她写得不好，而是她那个所里确实没什么"新闻"。一般性的工作都是上级安排的，你这么干，人家也这么干，没有新闻性；而你要写个先进事迹呢，要么让你写不成，要么写谁谁臭。那回，我采写了一篇他们研制某种新设备的小通讯，里面提到一个技术员起了关键作用，设计是他搞的，图纸是他画的，设备是他领着安装的，结果稿子发出来之后，他们单位的人给报社写了三封人民来信反映稿子不属实，主要内容有两点：一是任何科研项目都是集体劳动的成果，不是他一个人的功劳；二是说那技术员生活作风有问题，还特别自私，晒褥子的时候把女战士比较干净的褥子抱回来，将自己留有某种污物又洗之不去的脏褥子留给别人（部队的褥子是统一发的，不容易分辨）。早晚将那技术员弄得臭烘烘的算了完……我即给她改过两篇小稿子，在基地广播站播了一下。噢，我还给她改过一篇千把字的小散文哩，说的是从海边的礁石联想到革命的坚定性什么的，登在一家地方报纸的报屁股上。她当然就激动得要命，看到报纸之后就给我打电话，约我礼拜天一块儿去海边走走、玩玩儿，并用压抑而又颤抖的声音问道："你敢吗？"

我们那个基地政治部是个"外严内松"的单位，从外边儿看上去挺严肃，实际上内部管理很松懈，加之双职工和老婆随军的居多，没有谁监督你，完全靠自觉，你要出点事儿当然也很容易。关键是此前咱始终没有那方面的想法，"不可能"的念头儿一直占着上风。因此上，当同事跟我开玩笑"你那个小老乡对你好像有点小意思啊"的时候，我即称她"是个傻乎乎的姑娘"。她一来，我要么大大咧咧，要么表现出一种不耐烦。有一个礼拜天，她来我宿舍帮我洗衣服，我也让她洗，完了还领她到我们干部食堂吃饭，做出一种纯老乡或大哥哥的姿态。从周围的反应上看，效果还不错，没有谁将我俩往那方面寻思……她问我敢吗，我就说，有什么不敢的？

她应该算是那种"乍一看一般化，再一看挺顺眼，看长了还觉得怪漂亮的姑娘"，再让军装那么一衬托，就显得格外优雅与素丽。我在那些年里始终认为女军装是全世界最美丽的服装，它不仅能遮丑，还能使年纪大的显得年轻、年龄小的显得稳重。我们在那个让她由礁石联想到革命坚定性的小海湾像今天这般走着的时候，我即觉得她并不像实际年龄那样小，而是比较成熟，当然也比较活泼。她在礁石上跳上跳下，有时就故意往咱的身上撞一下，还管咱叫"王哥"，并拽着咱的胳膊顽皮地笑，就让我有种兄妹般的亲情和温馨的感觉生出来。

我们在山坡上一处很隐蔽的马尾松旁坐下了。我们都有点不自在。她开始讲她的家庭，讲她的双亲。她的父亲是另一个地区的县级干部，但早就跟她母亲离婚了；他在那里组织了另一个家庭，"老婆孩子一大窝"，但每年还给她寄生活费，她能当兵也是他托的关系。她母亲离婚不离家，仍然带着她在父亲的老家过活……说着说着她的眼泪掉下来了。我掏出块手绢给她，她擦擦眼泪苦笑笑："算了，说好的玩儿嘛，又说这个。"

她将手绢在手指头上翻来覆去地缠着，说是："这地方不错吧？每当我想家的时候就来这儿坐坐。"

"……并联想到了革命的坚定性。"

"你笑话我了吧？"

"都发表了，还能笑话？"

"还不是你的功劳，有一多半是你重写的。"她说着拿起咱的手，"看这手，纯是写字的手，你怎么这么会写呢？"

"我都干了四年了，还不该会写一点呀！"

"你总把我当小孩是不是？"

"本来嘛。"

"人家都十九了，成老兵了。"她就将脑袋倚到咱的肩膀上了。

我侧身注视着她，即从她小翻领的领口处看到了她那秀丽的胸窝和陡然隆起的乳峰，咱心里扑腾了一会儿，遂双手扶起她的肩膀，将她调整成正视的位置："我看看你是怎么个老兵，好大一个老兵。"

她羞红着脸，嘟哝着"你不知人家是怎么喜欢你呢"即偎到咱的怀里了。

我在政治部多年，知道一些男干部与女战士谈恋爱的例子，结局都不好，而她那个所就有一个现成的例子。我问她："你们所有个外号叫老裴大哥的，你听说过没有？"

"已经确定转业的那个不是？我知道你的用意，你放心吧，我不会赖上你。"

那次约会结束，我即建议她打报告要求去喂猪，她答应了。

待下一次见面的时候，我问她打报告了吗。她说她一提这事儿乔老爷就问她："工作不顺心吗？跟谁闹别扭了吗？判读工作很重要，啊，再说喂猪是男同志的事儿，让女战士去喂猪我们所还没有先例，传出去也不好听，知道的是你主动拣困难的担子挑，找最脏最累的活干，不知道的还以为你犯错误了呢！"乔老爷乃老滑头一个，这话也像他说的。他这么一说，她也就不好再坚持了。猪没喂成。我后来再提这事儿的时候，她作了另一番理解："我知道你瞧不起我，只配去喂猪。"要么就说我太实用："怪不得你进步怪快呢！"急了还说："你找个喂猪的去吧！"

感情的事情真是不好规定的。越是规定不能做的事情就越想做，越是不踏实的情感就越刺激。那段时间，每个礼拜六的晚上，基地俱乐部都放一些过时的样板戏或"老三战"的片子，我们成了那里的常客。我们躲在黝黯的影院最后一排的某个角落，做着对情爱的渴求与尝试——我不能用第一人称了，我有教训，我一用第一人称写到类似的情节就会招来诸多的怀疑，那个韩露就曾追问过我好几次：是真的吧？你说虚构的，她则说没有类似的经历怎么会有这么细腻的感受？甚至连我老婆也不能理解：你打年轻就不着调啊！当时的情况是：他们已不满足于手的相互捉握与触摸，他们接吻，他们将手互相伸到双方的衬衣里……

正如王黎明自己所说，这狗日的确实是思想成问题啊。此后，他看到了一个文件：部队干部一律要经过军队院校培养，一般不再从战士中直接选拔干部。而吴青进军队院校的可能性几乎等于零。她基本上没什么竞争力，他逐渐冷淡她。他开始忙。她打电话给他，如果不是他接的，他要告诉同事"就说我不在"；她来找他，他要大声地问候："你母亲好吗？"待后来有同事把一个脚穿高腰皮靴、手戴欧米茄手表、将玫瑰牌香烟称为劣质烟草的后勤助理员介绍给他的时候，他向吴青摊牌了。他一向她承认错误，她就知道是怎么个概念了，她即骂了他那么一句："王黎明，你等着，我一定找个比你强的，也一定活得比你好。"

未开发的处女地

板桥庵乃一破败的寺院废墟，断壁残垣，杂草丛生，也没什么文字记载或美丽的传说。王黎明遂发挥他搞创作的特长，在那里瞎分析："说不定还是个爱情悲剧哩！有个姑娘暗恋着郑板桥，而郑板桥由于不知道或初恋时不懂爱情没啰啰儿她，她便来这儿当了尼姑，故名板桥庵。"

吴花果不同意，说是："你们文人总是自我感觉良好，以为什么人都会爱你们，如果先前这里果真就有座什么桥呢？而那桥完全是由石板搭成的？"

"也可能。"

他们又在一处比较隐蔽的松树旁坐下了。刚觉得有点不自在的时候，他开始称赞这地方挺美，嗯，挺美。说是过去的事情勿再论，可她还是问起："林助理好吗？"

"林助理？"

"你爱人不是那个后勤助理员吗？"

"噢，你是说她呀，我将她先前的职务还给忘了，好、好，你呢？"

她即简叙起别离后的经历。她复员之后在乡广播站干过一段编辑，还当着播音员，属于那种"三不脱离"的性质。后与一位乡团委书记相爱并结了婚，"他是真爱我，长得也不错，我自己不行，我就一定要他混出个人样儿来，我鼓动他进夜大，考党校，拿大专文凭，他也挺有志气，拿了文凭，还被列入了第三梯队。我觉得挺幸福……"混到今天这个地步也怪她自己，那年时兴干部停薪留职大办乡镇企业，她觉得是新生事物，遂鼓动他实施"退一步、进两步"的战略，与他一起回到了这个板桥庵办砖厂，却不想日子刚好过一点，她怀了第三胎，一做B超，男孩儿，"我们到底是农民啊，他一说：'就是倾家荡产也要保住，我什么都听你的，你就听我这一次行吧？'我就动了心，听了他的。不想一票否决，取消了他的干部身份，还真给罚了个倾家荡产。加之在水库边儿上烧砖属污染项目，上边儿要他停办；而打好的砖坯还有好几万块，就在那里摆着。他想偷偷烧最后一窑，不想窑顶塌方，将腿给砸断了……可我们很和睦，小榆儿下了学，是为了让她弟弟上，我那个儿子现在上小学二年级，学习很好，长得也特别可爱，真的，我很幸、幸福，比你想象的还幸福……"

她在那里翻来覆去地强调自己幸福的时候，王黎明这狗日的不知怎么就觉得有点不是味儿，他笑了一下，说是："幸福就好，什么也不如幸福着重要。"

她则说："那当然了，你呢？你幸福吗？"

如果以她的标准来理解，他的幸福更多，但他不想造成她新的心理失衡，遂说："还行吧！"

她就笑了，完了说是："我特别希望你痛、痛苦，你生活好，但一身富贵病，比方弄个高血压或糖尿病什么的；你工作好，可头发全白了，不会休息，没有乐趣，还整天挨个批判什么的。"

"你就这么恨我？"

"不敢，只有爱才生恨，无爱即无恨。"

"你比我想象的要水平高，有点文化似的。"

"又来了，你们文人就爱讽刺个人是不是？"她说着说着还光火起来："你当作家有什么了不起？你风刮不着雨淋不着，可你疲惫不堪；你家里挺高级，可你不愿在家待着；你在部队当军官，回来当干部，可你只有一个孩子，而我三个，有儿有女！"

"你发起火来也挺好看。"

她狠狠地拧他一把："王黎明，你纯是个流氓！谁让你救、救助小榆儿的？你为什么要可怜我女儿？"

"我是觉得她可爱，而不是可怜，我不救助，别人也会救助。"

她即呜呜地哭了。

他手足无措起来："你看、你看，你有火就发，想骂就骂，干吗要哭呢！"他掏出块手绢给她，她擦擦眼泪苦笑笑："不值得哭不假，我是不是有点不讲理？你救助了我女儿还要挨顿骂？"

"我能理解。"

她告诉他，她最讨厌别人向她施舍同情、施舍怜悯了："特别是你！"

"可我确实不是来施舍的，你说得对，我疲惫，我烦，我来这儿纯是玩玩儿的，小榆儿说这里有山有水，风景挺美，我一看，还真是，你若不喜欢我来，我以后就不来了。"

她就笑了，嘟哝着："谁不喜欢你来了！人家不是心里挺、挺乱，话赶话说出来的嘛。"之后就说，其实这些年她一直注意着他的行踪，看过能看到的他的许多文章，也特别喜欢。有一次，她在人家糊窗户的报纸上看见他写的一篇关于独自歌唱的文章，就拿剪子剪下来了，"让人家一顿好说，赶忙又找了张新报纸重新给人家糊好，你那个不适应休闲的文章我也看过，挺实在……"

他则说："你是个挺好强、挺有上进心的同、同志。"

"还不是受你的影响？当初你还让我要求喂猪呢，那时候也确实就是喂个猪还能进步快点儿，现在不行了，来，让我看看你的手相。"

她说着抓起他的手，仔细分辨一会儿，即说他事业挺顺，仕途一般，从爱情线上看，好像还有什么戏似的。

他笑笑，不置可否。

她抓着他的手不松开，很随便地抚弄着，就让他有着异样的感觉生出来。他闻得见她的气息，那种讲卫生的健康女人的气息。她的头发依然乌黑光亮，脖颈白皙，皮肤紧绷，胸脯饱满，神情温顺，透着一种成熟女人的魅力……他即产生出一点感慨：这人伙食标准肯定不高，但身体却非常健康。

想到伙食标准，即想起该吃点什么。多亏他原本就没打谱在她家吃饭，于来的路上买了一个食品袋，还有两听啤酒。时值正午，他们遂在那里喝啤酒、啃火腿、吃面包。她有点不好意思地说："不让你到我家去，是免得我更尴尬。"

他说："我能理解，哎，你中午不回去，行吗？"

"孩子们都不在家，他自己能弄饭。"一会儿，又说："如果咱们倒过来就好了。"

"怎么讲？"

"我是说，如果不是我穷困潦倒，而是你穷困潦倒就好了。"

"你就这么恨我？咒我？"

她笑笑："不是这个意思，你跟我说实话，你是不是从来就没真喜欢过我？"

"也不能这么说，在一个特殊的年代，人的背景、地位乃至高腰皮靴、欧米茄手表这些东西，也会左右着人的审美。"

"现在呢？现在这些东西你都有了，你会怎么看我、我这个农妇呢？"

"你当然是个好同志，是我的一个有着特殊关系的战友、朋友。"

她幽幽地说："这我就满足了。"

一阵清风掠过，闻得见一种甜丝丝、酸溜溜的芳香。他即重复说，这地方挺美，嗯，挺美，是块未开发的处女地，将来在这儿弄个度假村什么的不错。

她说："在这里写东西也不错，挺静。"

他要走的时候，她问他："你不生我的气吧？"

"干吗要生气？"

"我跟泼妇一样，发了那么多的火，不礼貌了。"

"看看，刚说是战友朋友嘛，又客气。"

"你还见小榆儿吗？"

"听你的。"

"那就甭见，你什么时候再、再来？"

"找机会吧，想来就来了，我没有奖金，但有的是时间。"

回家的路上，他就翻来覆去寻思两件事儿：一是伙食标准不高，还挺健康，挺年轻的问题。二是这地方若搞度假村，首先得编它个美丽的或哀婉的传说。那个姑娘暗恋着郑板桥尔后当了尼姑的传说就不错。传说都是人编的，过去没编，现在编也来得及……

制造故事

盛夏时分，王黎明所在的那座有火炉之称的城市开始发了疯似的热。王黎明家当然有空调，但那座城市老停电，天越热它就越停。整得他如热锅上的蚂蚁，焦躁不安。他遂写一篇关于"当前我们的主要任务是喘气儿"的小文章，登在了那座城市的晚报上。韩露看了，即嘻嘻地给他打电话，说是你那个地方老停电吗？我们这儿怎么不停？他说你们单位重要呗，谁敢停电视台的电？她便邀请他寻思个有意义的话题，去外地做个节目，顺便假公济私地玩玩儿，"上次做的那个节目就不错，合作得也挺愉快。"

说到有意义的话题，他想起了那个美丽的传说。他问她："这座城市的南部小区，有个板桥湖你听说过吗？"

她说:"是不是小榆儿所在的那个村呀?"

他说:"正是,那里风景还真是不错,搞个度假村什么的挺好。"

"你去过?"

"去过。"

"你怎么不打声招呼?我们说好要跟踪采访的。"

"我就怕你采访,才没跟你打招呼。"

"咱们去呀?不采访。"

"……好像也有问题,若是采访呢,呼呼啦啦一大帮,有自我吹嘘之嫌;若是不采访呢,光咱们两个去又跟私奔似的。"

"呵,别自我感觉良好,谁跟你私奔呀!"

这么的,待下一个双休日,他二位就去了。等到一碰头儿,王黎明发现,韩露骑着一辆木兰,不仅带着吃的喝的,还带着一个小帐篷。而他骑的是自行车。韩露问他:"你怎么不骑轻骑?"

他说:"作家骑轻骑让人想到某个畅销书中的人物,跟出去干坏事似的,不怎么正经。"

她咯咯地就笑了,说是:"你这家伙,说出话来让人无可奈何,一不小心就让你腐蚀一家伙。"

"谁腐蚀谁还不一定呢!哎,我说过那个小榆儿让人有似曾相识之感你还记得吗?"

"记得。"

"她还真是我战友的女儿!"

"她爸爸当过兵?"

"不是她爸爸,而是她妈妈。"

"你就编吧,制造故事吧,你以后写东西,还不定把我编排成什么样儿呢!"

他遂将具体是怎么个事儿跟她说了,当然没说有点特殊关系的那一节。她即说:"你若跟她有过一腿,现在再来点忏悔意识,能拍电视剧。"

"你个女同志,看着挺文雅,说出话来挺粗、粗鲁。"

她就有点小不悦:"我就是粗鲁,你若嫌我粗鲁,以后别理我!"

"又哪根筋出毛病了?"

半天,她又问:"她漂亮吗?"

"一般化吧,再漂亮还不是个农村妇女!"

"嗯，挺惨的不假。"

待到板桥湖的堤坝上，吴花果照例跑下来了。她像什么事儿也不干，专门盯着那个堤坝似的。她一见着韩露即说："这是林助理吧？"

韩露愣了一下，王黎明赶忙说："她是电视台的韩主持，是小榆儿的韩阿姨。"

"噢，韩主持就是你呀，小榆儿回来说起过，家去坐。"

往她家走的时候，吴花果让他两个等一下，她自己拐了个弯儿，去小卖部提溜出两瓶酒来。待见到她丈夫——那个坐在院子里编织着草袋子的朱元江时，她告诉他"是王作家和韩主持买的"。

韩露看了王黎明一眼。朱元江即拄着拐杖站起来跟他们握手，说"孩子给你们添麻烦了"什么的。

这是个形象一般、神情有点古怪的中年人，看不出他年轻时有多帅气，他看王黎明和韩露时的眼神也躲躲闪闪，还有点暧昧，让人觉得他知道许多内幕似的。

看得出，他们家有着农村文化人儿和曾经富裕过的痕迹，房子不少，家具不多，但很整洁，还有写字台、大衣柜及诸多女孩子喜欢的小摆设。他们坐在院子里说话的时候，吴花果要给他们烧水沏茶，朱元江就说："你陪着，我去烧。"说着即拄着拐杖一瘸一拐地忙活去了。

韩露问："小榆儿呢？"

吴花果说："拔猪草去了，要不，我去叫吧？"

朱元江在炉子旁边儿就说："去呀，去叫呀。"

吴花果即让在门口围观的一个孩子去叫了。

吴花果说，小榆儿回来就韩阿姨韩阿姨地念叨，现在终于见到了，说着就问门口的那些光腚儿和没光腚儿的孩子："你们认识吧？"

那些孩子试试探探地围上来，咋呼着认识，是领着小榆儿逛儿童公园、坐碰碰车的那个。

不一会儿，小榆儿姐弟三个回来了。小榆儿脸红红地跑过来叫干爹，叫阿姨，另两个孩子就怯怯地看着。韩露从提兜里拿出几件衣服给小榆儿，说是："不知道另两个孩子多大，就没买。"

吴花果不好意思地说："又让您破费了。"

朱元江让吴花果去菜园拔菜，准备做饭。韩露说："不在这儿吃了，我们去看看那个板桥庵。"

吴花果说："大老远地来了，还能不在家吃顿饭？"

韩露一坚持，吴花果就说："那我陪你们去。"

朱元江噘的就一嗓子："让小榆儿陪着就行。"

吴花果说："那你们晚上回来吃饭呀？"

他们沿着草丛中的小径朝林子深处走去。小榆儿在前面带路，韩露在后边儿低声说："你跟这个吴花果绝对有过一腿。"

"胡说。"

"如果没有一腿，她不会自己买了酒说你买的。"

"人家说的是咱两个买的。"

"把我带上是陪衬，而且我也无须乎给他买酒。"

王黎明就说："我也寻思这个事儿，她干吗要说咱俩买的？我们都无须乎给他买酒，这里就兴这么个风俗？串个门儿必须带点东西？"

"你甭故作不解装糊涂，除了你在她心中的位置比她丈夫还重要之外，别的没法解释。"

"又来了，比我老婆警惕性还高！"

"你老婆是不知道，要知道了不闹你个天翻地覆的！可也真巧，你偏偏就认了她的孩子做干女儿。"

"你就给我虚构吧，累不累啊你？"

"这个朱元江神情也不大对头，阴阳怪气的，好像他知道咱俩什么事情而又替咱保着密。"

"他可能有点误解，再加上有点文化，还上过电大什么的。"

"我看你是明修栈道，暗度陈仓，要的就是这么个效果。"

"你别忘了，我可不是未婚青年，我家庭可不是不幸福。"

"如今是越已婚的越花花，越幸福的越有实力，特别是作家。"

"你这个观点倒挺新鲜，可论据不对。"

她就笑了。

她身穿飘逸的素花真丝连衣裙，斜背着一种很时髦的旅行袋，烫过的长发用一根白绢扎在脑后，体态窈窕柔媚，肤色白皙细嫩，姿容优雅华丽，从后边儿上看上去特别丰姿绰约。同时，也让他的心里有种隐隐作痛的感觉生出来。

板桥庵到了。两人擦擦汗，环视一下四周，韩露说："嗯，风景不错不假，你那个传说还真有点道理，也有一定的针对性，是触景生情想出来的吧？"

"我总是把人往纯洁上寻思，你总是把人往龌龊上寻思，这就是咱们两个的区别。"

"看看，开个玩笑嘛，又认了真，你不是挺有幽默感的吗？"完了即招呼小榆儿照相。给小榆儿拍了，又用自拍拍他们三个的合影，王黎明说："跟一家三口的全家福似的。"

"害怕了？害怕你就别拍。"

他还是拍了。

之后，她让小榆儿回去，说是："晚上我们去你家吃饭。"

小榆儿一走，他二位稍稍不自然了一会儿，即开始铺床单儿野餐。当然又是喝啤酒、吃火腿、啃面包那一套，她还带了几种真空袋儿装的山珍菜。

王黎明说："你这个提兜儿装东西不少，还带着帐篷，好像预谋制造点什么故事似的。"

韩露说："就不知能不能制造得出来，哎，你给我说实话，你跟那个吴花果过去是不是真有一腿？"

王黎明说："我即使真跟她有过一腿，又说明什么问题？"

"那你此次来就是企图重温旧梦，拿我做幌子。"

"若拿你做幌子，还能温得成旧梦？你不知这中间的反差有多大吗？你不知你是何等的光彩照人吗？"

她"扑哧"一下笑得将啤酒喷了他一身，她赶忙拿手绢给他擦擦，而后幽幽地说："我知道你是话赶话赶出来的，可这话我爱听。"

"本来嘛。"

她跟他讨论："这地方搞度假村还真行，离市区也不远。"

他问她："你跟那个耿脖儿还有联系吗？"

"我若联系还能不叫上你呀！"

"若是真的能搞成，咱鼓动他来投点资。"

她兴奋地说："好啊，这家伙特别喜欢盖小洋楼，他们村的小洋楼你都看了不是？图纸就是他画的，别看他没文化，鼓捣的样式还真不俗。"完了又说，她还认识一大批特别有钱的画家、雕塑家，过去曾给他们做过节目，到时鼓动他们预付款，不用费多大劲儿就搞起来了。"再把这个吴花果招进来搞物业管理，给她安排了工作，你也还清了一笔感情的宿债，哎，你原来就是这么想的吧？"

"又来了，离开这个话题别的没话说是不是？"

　　她脸红红地："人家不是在意嘛，计较嘛。"

　　"这玩笑可开不得。"

　　"谁跟你开玩笑！"

　　"我可很容易产生错觉或幻觉哟。"

　　她即拧了他一把："疼吧？"

　　"废话！"

　　"那就不是幻觉。"

　　她穿着那样的衣服在那里坐着，裸露的双腿那么修长，身体那么饱满，气质那么优雅，神色又亦娇亦嗔，就让他忐忑惶遽不敢正视……突然，她噭的一声投到他怀里了，他战栗了一下，怎么了？她缩着身子，你看哪！原来是一只小蜥蜴在她脚边探头探脑，他说着别怕有我呢即趁势将她抱住了。一会儿，那小蜥蜴看不出什么名堂出溜走了，她却依然偎靠在他的怀里。她脸色有点苍白，呼吸显得急促，眼眸透着雾色，身体渐渐绵软，他俯下头去，吻住了她的双唇。她呻吟地说着你干吗你干吗呀，却没有试图挣脱，并渐渐地开始回吻，她的双手还穿过他的腋下攀揽住他的肩膀，将身子调整成适合接吻和拥抱的姿势，这使他得以得寸进尺……

　　不知过了多久，她一下推开他："仅此而已。"

　　"什么叫仅此而已？"

　　她依然呼吸急促地："你是希望我们做短期的情、情人，还是永久的朋友？"

　　"当然是后者了。"

　　"那就别、别做傻事。"随后她跟他啰啰儿，她目睹了太多的情人间的行径，没有一个是长久的，顶多半年。要么闹个天翻地覆，将情人夫妻化；要么疲惫厌倦，很快分手。只有不突破那条线，才能永远倾慕，互相吸引。有一首歌叫爱你到永远，条件就是情感与思想结合，它会引导你走向纯洁、走向理智、走向永远，永远的爱情即是最后的爱情，"人的情感不可能没有空白，我希望用它装点真挚而又高雅的东西，我也希望这是我们最后的爱情，你愿意吗？"

　　"愿意，但那将是一场意志和克制力的考验，得有很高的品位才行。"

　　"我相信我们能达到那种境界，高层次的情人靠魅力，我相信你有这个品位和魅力。"

　　"你这个提法也挺新鲜，你总是能制造些新提法。"

　　"这不是个提法的问题，真的，我不像你想象和希望的那么纯洁和简单，我所处的位置，我的感情经历，让我顿悟出许多事情；我曾经做过一个关于两位老人的专题节目，当然我要信守对他们的承诺：待他们百年之后再公开；那是一对儿终生的情人，两人在一棵火红的枫树下握着手对视着，简直美极了，到目前为止那是我拍的最好的一组镜头了，那是任何一对老年夫妇所不能达到的至情至爱的境界，我真的好羡慕他们。你不愿意我们老了之后也像他们那样吗？"

　　"我希望是。"

　　"那咱们拉钩儿。"

　　两人拉完钩儿，沉默了好大一会儿。王黎明说："那我得向你坦白一件事儿。"遂将他与吴花果过去那点真实的事情说了。

　　她一点也不吃惊："我估计就是，谁也甭想逃过我的眼睛，不过我能理解。"她还分析说，男女之间一时迷恋的情况是有的，有时甚至连迷恋也不是，只因为内心空虚耐不住寂寞，渴望有人陪伴，就那么将就着环境和机缘接近了，"你们当时的情况，这样定位大概比较合适，你现在想为她做点什么的心情我也能理解，这说明你本善良，也比较纯洁。"

　　他就觉得这人了不得，懂得太多，并多少有点相信先前听到的关于她的一些传说。一会儿，他站起来做个伸展运动，说是："准备得这么充分，还带着小帐篷什么的，我以为能发生点什么故事呢！"

　　她正色端望着他："不许你用玩世不恭的口吻跟我说话！"

　　他双腿一并，打个敬礼："是！"

　　"也不许你将此看作是你制造的创作素材！"

　　"是！"

　　"你这个态度特别让人心里不踏实。"

　　"简直比初恋还严肃哩！"

　　她揽着他的脖子撒着娇："就是嘛、就是嘛……"

　　他双手捧着她的腮以商量的口吻说："咱们回去吧？"

　　她轻轻咬他一下："你要是再跟那个吴花果胡啰啰儿，你小心！"

　　他就说："你真的不相信你的实力吗？"

　　往回走的路上，看得见水库旁边山楂林里有几座红红绿绿的小帐篷，韩露即说："回去我就给那个耿脖儿打电话，让他来看看。"

　　他笑笑："吴花果她丈夫也是个耿脖儿。"

"他心理不平衡呢!"

"看看,又来了,你这个态度我老婆喜欢。"

"哎,你爱人在部队干过助理吗?"

"干过,后勤助理。"

"吴花果认识?"

"认识还管你叫林助理呀? 她是听说。"

不想两人没等回到吴花果家,即让一帮人给截住了。一问,方知是村委会和镇里面的两级干部。他们听说主持人和作家来了,还鼓捣度假村什么的,欲尽地主之谊,请他们吃饭。韩露乐得有个借口不去吴花果家,即广东味儿地说声"不好意思啦"便拉着王黎明随那帮人去了。

王黎明小声说:"你这人太招摇,以后不能随便和你出来!"

韩露说:"人家主要是请你,我又没说搞度假村。"

那帮人用吉普车将他二位拉到镇上的一家小酒馆里,板桥宴一喝,板桥湖甲鱼一吃,卡拉一OK,两位即脸儿红红,大话连篇。王黎明将搞度假村的设想一说,韩露再将她所认识的几位市里面的主要负责人往外一抬,镇里的干部当即就要板桥庵村委会拿出二十亩地来,一亩五千块卖给他们也行,作为合资的股东也可。两人一唱一和,你提头我知尾,配合得还挺默契。韩露说,要提高板桥庵的知名度,首先得有个美丽的传说,我看黎明编的那个就不错,怎么说来着黎明? 王黎明说,具体怎么操作我们回去再拿个方案出来,报告往哪里打,公章到哪里盖,都没问题吧韩主持……就震得村、镇两级干部们一愣愣的。

两人合唱卡拉OK的时候,韩露瞅空小声对王黎明说:"你这会儿特别可爱,真想吻你一下。"

"你没喝醉吧?"

"我喝醉干吗? 我从没醉过。"

当晚他们住在那家小酒馆里了,当然是分开的两个房间,也当然有机会相拥相吻。心旌摇曳之时,她问他:"这很不容易是吗?"

"那还用说?"

"我也同样困难,要不,咱们……"

他还是坚持着说"不了",从她身边离开了。

寻找意义

耿脖儿很快就去板桥庵看"风水"了。看过之后，他果然认为不错，说是："后边依山，前边开阔，不出大官，也出学者。"

王黎明悄声跟韩露说："还出学者呢，干脆出耿脖儿还押韵一点儿。"

韩露拧他一下："别胡说。"

耿脖儿说："前边就是个水库，如果真是个湖就更好了，那就不出侍郎尚书，也会年年有余。"

他这一套，却很得吴花果的赏识，他在那里胡啰啰儿的时候，她就一个劲儿地点头，说是这可不是闹着玩儿的，你不信不行，什么人盖房子也得看风水。

韩露笑笑，悄声跟王黎明说："那个朱元江还真跟他有些相似之处，特别脖子那地方。"

耿脖儿说，说是叫度假村，其实应该分两部分，买得起别墅的，就给他盖别墅；买不起别墅的，就让他住宾馆。他不就是双休日的时候来玩玩吗？再设几处垂钓点，买上些游船，起它个好名字，整个度假村就鼓捣起来了。说到起名字，他说："忘了在哪里来着，看见个字，一个舌字旁加一个休息的息字，怎么念来着？我没文化，只记得个大约莫。"

王黎明说："念憩。"

"嗯，这个字写出来特别好看，不管用什么字体写都好看，干脆就叫'憩园'咋样？"

这家伙没读过万卷书，但走过万里路，见过老鼻子多的世面，他这么一说，众人随手将那个字一比画，还真是怪好看。遂说，行啊！

吴花果说："看不出耿大哥还怪有学问哩。"

他就又强调一遍自己不识字，没文化。

喝起酒来的时候，耿脖儿说："吴花果这个名字很朴素，很有劳动人民的本、本色，日后必定有好日子过。"

吴花果说："还有好日子过呢，还有比我更惨的吗？"

"惨也是折翅的凤凰，待翅膀硬起来，那就不可等、等什么视之来着王作家？"

"等闲视之。"

"嗯，等闲视之对了，我不识字，没文化。"

吴花果就激动地站起来说："借您的吉言，但愿我日后有好日子过，来，我敬您一杯！"

而后这个一杯，那个一杯，将老小子灌醉了。醉了之后，他说是，我无论走到哪里都要强调自己不识字没文化，这有什么好处呢？好处有两点，一是如今的人们就喜欢别人没文化，就他自己有文化，你别看他发不上工资，用王作家的话说是满脸亏损的表情，但他有文化，你强调自己没文化，他心理能平这个衡；二是你违反了某个政策，你强调自己没文化，各级领导能原谅，他开会研究怎么处理的时候，他知道你没文化，能处理得轻点儿。"吴花果这个名字是好的，我要是姓吴，我就叫吴文化。"

直震得众人一个个面面相觑，没词儿了。

事后，韩露跟王黎明说："这个人了不得，典型的一个大智若愚，没有他办不成的事儿，咱们这些人加起来也斗不过他。"

王黎明说："咱是请他来办事儿的，你跟他斗干吗？"

"我是说这个人的智商，谁跟他斗来着！哎，他跟吴花果有戏哎。"

"我看你快成拉皮条的了，你怎么把所有的中年人都当作未婚青年看待？找情人跟喝凉水一样？"

她笑笑："你吃味儿呢！等着瞧！"

一切都按他们的计划顺利进行。报告该打的打，公章该盖的盖，手续该办的办，上头儿的工作当然还是韩露跑得多，也非常顺利，几乎是一路绿灯。王黎明即问韩露："是梁市长帮的忙吧？"

"你怎么知道？"

"那回救助失学儿童的时候，我看你跟他挺熟的。"

"我熟的多了，咱们这是干的好事儿，耿脖儿是来投资，也不要他市里一分钱，甭说'凉'市长，就是'热'书记他也得支持。"她说着说着还有点小不悦，"我看你不是这个意思，我最讨厌耍小聪明试探别人的人，信不过我别理我！"

"咳，人家一熟就是有戏，说你跟谁熟就急了？"

"这绝对是两码事儿！"

最后达成的协议是这样：板桥庵以二十亩地作为股东，全部建设由耿脖儿投资，工程实行招标，建成之后作为耿脖儿华盛集团总公司的下属单位，板桥庵村参加分红。王黎明和韩露作为憩园的顾问，按一定比例分红也行，一次性收取点子费也可。王黎明不要，说是我以后来写东西，你们对我优惠点就行。韩露即悄声骂他"整个一个傻瓜"。

他们曾讨论过此举的意义。王黎明担心如今房地产是低谷，盖起别墅来有人买吗？

耿脖儿说："越低谷就越干，建筑材料什么的会格外便宜；另外咱又不多盖，就那么十几、二十来栋，这儿离市区也不远，光韩主持联系的画家雕塑家就有多少？我自己还想留一套哩，设个办事处什么的。"

韩露说："在买房子的问题上，也有个围城现象，农村的人想进城买房子，城里的人想出城到农村买房子，特别有点实力的中年以上的人大都是农民出身，他有个叶落归根或恋乡情结，工作越顺心，生活越幸福，他越想到个僻静的地方住几天，此举就应了这种心理定式，因此，只要价格合适，不存在低谷的问题；另外我们也不只是盖别墅，而是要把工作的重点放到面对广大工薪阶层需要的宾馆上去，他买不起，但住得起，所以这个憩园是有前途的。"

王黎明对她说的这个围城现象和恋乡情结感兴趣，说："你刚才说的这个恋乡情结挺有意思，你是从哪里看到的这个词儿？"

韩露笑笑："我自己创造的。"

吴花果说："是回归自然的意思吧？现在的些城里人可真会回归，那个山楂林都成厕所了，双休日一过，你进去看看吧，什么纸都有，狗一样。"

耿脖儿就说："跟你们这些知识分子商量个事儿真是麻烦，动不动就讨论个意义，讨论这个的工夫一层楼起来了，怪不得看着你们不干活还整天喊累呢！聪明人确实容易累，而傻瓜容易成功！"

人们哈地就笑了。

王黎明说："讨论一下还是有必要的，挺受启发。"

韩露说："对你创作有用，而对实际工作无补。"

王黎明说："你就专门噎我吧！"吴花果就很有意味儿地看了他们一眼。

耿脖儿查了个好日子，憩园准时动工了。奠基的时候，韩露还将梁市长请了去，区、镇领导更甭说，搞得规模不大，但规格不低。电视新闻一播，十八栋小别墅很快就预售出去了，高兴得个耿脖儿连声说了几遍"自己不识字，没文化，这个意义还真行哩，以后我要再搞项目，就请你们去找意义"。他这么说的时候，就不再有何策略意味儿。

施工的过程中，耿脖儿就聘了吴花果做自己一方的代理人，在那里做监工，让朱元江看管工地。夫妇两人收入不菲，日子一下子好过了，吴花果也显得漂亮了许多。

今年的春天，憩园全部交付使用，买了别墅的人进住，宾馆运转。板桥庵村所有帅气和漂亮点的青年男女都有了工作，没有工作的老弱病残也办起了相应的些服务性项目，全村一下子脱了贫。

憩园开业剪彩的时候，王黎明和韩露作为顾问参加了。耿脖儿向他们公布了个消息：他正式聘朱元江为憩园物业管理的总经理，而吴花果则作为他的助理随他一起去三峡移民区筹办建材厂，"是省属的个项目，嗯。"酒会上，耿脖儿及吴花果夫妇分头向王黎明和韩露敬酒，耿脖儿就又强调了一番自己不识字没文化，多承二位关照，"以后瞅机会再联手鼓捣一家伙。"吴花果夫妇则"大哥大姐"地叫着，称他们是好人恩人，"看着怪文雅，可挺有……那个词儿是怎么说来着？"

此后，韩露再见着王黎明的时候，交给他三万块钱，说是憩园装修是她找的装修公司，人家给了她六万块钱回扣，现分给他一半儿，"怎么样？咱们加起来也斗不过耿脖儿吧？还说我总爱把人往龌龊上寻思呢！多亏我留了个心眼儿，要跟你个傻瓜似的，咱们白忙活。"王黎明当然就没要，韩露就说："你就玩儿那个恋乡情结吧！"

王黎明就有点小失落。失落之余，他寻思这个恋乡情结不怎么讲究，生造性太强，赶不上乡村情结好……

第二章　最后一个生产队

一

一九八〇年秋后，钓鱼台刚开始时兴分田到户的时候，坚持“毛泽东思想深入人心，集体的道路地久天长”，硬是顶着不分的有那么十来户。其中有革命老人何永公、劳动模范刘曰庆、公家嫂子李玉芹、摘帽富农王德仁、业余诗人刘玉华、织布匠子刘来顺。这六位各有一定的历史背景和理论水平，工作组连续开了他们三晚上的会也没解决问题。开到最后还辩论起来了，辩着辩着就红了脸。革命老人何永公说：“分田到户搞单干？咱沂蒙山过去是革命的根据地，今后就是社会主义的根据地定了。这点觉悟也没有？”

劳动模范刘曰庆说：“我们钓鱼台可是全省的先进典型，嗯！那年咱到北京开劳模会，参观动物园，连狗熊都给咱打敬礼，咱也没骄傲自满过。年轻轻地也不注意个谦虚性儿，什么态度！”

公家嫂子李玉芹说：“当脱产干部几年了？说你呢！五年？五年还不懂唯、唯物主义啊？一点灵活性也不讲，政策一变你怎么办？耷拉着脑袋写检查啊？写检查也写不出好哲学！俺家老杨当脱产干部二十多年也没跟你们样的！”她说着说着还哭了：“你这个死鬼啊！你眼一闭腿一蹬死了利索了，这一搞单干，让俺这孤儿寡母可怎么办啊！”

摘帽富农王德仁说：“咱不是不听各级领导的话，咱寻思好不容易堂堂正正地当上社员了，没等稀罕够的，就又搞单干，咱确实是舍不得啊！”

业余诗人刘玉华说：“‘集体劳动好，把爱情来产生’你们懂不懂？一个个地看着跟有点文化似的，其实没啥水平啊！你是哪庄的？”

织布匠子刘来顺就说：“你甭瞪眼，说你没水平就是没水平。这些年一个个的工作组，咱见得多了，没一个好东西！还瞪眼呢，熊样儿！"

工作组拿他们没办法，经请示上级同意，就保留了他们一个生产队，他们的地当然也就没分，大队的集体财产也按人头保留了他们应分的一部分。

队长刘玉华为此赋诗一首：社会主义三十年，一夜退到解放前。强制命令一刀切，全然不顾三中全。集体道路是鹏程，谁来动员也不行。团结友爱发扬光，体现个社会主义优越性。

他还有注解呢！他说："'三中全'就是三中全会，为了押韵我少说了一个字。后边儿的'发扬光'也是这个道理，是发扬光大的意思，嗯。"

公家嫂子接着说："谁还不知道三中全就是三中全会呀！跟积极分子叫积极分一个意思不是？"

王德仁说："社会还是进步了，搁前几年咱要这么不听各级领导的话，那还不打你个现行反啊！"

何永公就说："他敢！他要打咱个现行反，不毁他个婊子儿的！"

大伙儿就哈哈一阵笑。

门外有几个人看热闹，听见屋里的人笑也咧着嘴笑。刘玉华说："韩富裕同志，进来坐呗，生产队的会又不保密。"

韩富裕不好意思地说声"不了"就走了。一边走还一边嘟囔："不来不来嘛，没寻思地又来了。"

别的看热闹的也走了。这个说："走顺腿儿了这是，人家开会，咱来个什么劲儿！"

那个说："这个么儿得两方面看，嗯！"

还有的说："一下子散了伙，有点不习惯不假。"

屋里的刘来顺就说："这个韩富裕也是邪门儿。过去是有名的红管家，最讲个集体主义，还喜欢开会什么的，可到了关键时候就顶不住了。看着个子不矮竖插着跟个汉子似的，原来也是个假积极分啊！"

王德仁说："他也是穷怕了，想发家致富呢！"

刘来顺说："看他能富到哪里去，还'富裕'呢，富裕个屁啊！"

公家嫂子李玉芹嘻嘻地说："不文明呢，也不注意个团结性儿，'团结起来力量大，唯物主义辩证法'不是？"

刘曰庆说："这话对，玉华的诗后边儿一句最要紧，要体现个社会主义优越性。往后那些分了地的人家遇到什么困难，咱该怎么帮还怎么帮，那些烈军属五保户，该怎么照顾还怎么照顾！"

刘来顺说："大队党支部还能不照顾？"

刘玉华说："那些人的水平你还不知道？没个觉悟性儿。都当发家致富的带头人去了，还照顾呢，照顾他们自己好样儿的。"

刘来顺说："看来情况就这么个情况了，明天干什么呢？"

刘玉华说："拾掇拾掇地吧？修修西山的地堰，夏天让山洪冲塌了不少。"

二

公家嫂子李玉芹不是钓鱼台人，她是跟着她丈夫杨税务来钓鱼台落户的。杨税务在公社税务所工作，老家在胶东，因不够农转非的条件，就将她落到钓鱼台了。李玉芹刚来钓鱼台的时候，刘曰庆还当着书记，庄上的人问他："杨税务怎么把老婆安到咱庄了，又无亲无故的？"

刘曰庆就说："当然是咱庄县里有名省里有声啦。咱庄是省里的先进典型不是？杨税务看中咱们庄，主要是咱庄的村风好啊！坐地户外来户一视同仁，宅基地一分不少，自留地照划不误。要体现个社会主义优越性儿嘛，嗯。"

"人家是脱产干部，你还划给人家自留地！"

"他老婆又没农转非，不划给她自留地吃菜你帮她解决？一个月靠他那干巴巴的四五十块钱的工资让人家怎么话啊？人家对革命有贡献呢！还会抓中心工作什么的，民兵训练也能指导。"

"他不就是收个税吗？"

"公社一级的干部哪能分工这么细啊，主要是围绕着中心开展工作，什么都抓。"

"他老婆长得倒是不错，也怪年轻，跟他女儿样的，他俩年龄相差不少吧？"

"你管人家年龄相差多少干吗？杨税务是工作同志，还不该娶个年轻漂亮点的老婆？"

"遇见他俩叫什么？"

"当然是管杨税务叫大哥管他老婆叫嫂子了！"

"咱爷俩都管她叫嫂子？"

刘曰庆就说："公家的嫂子哪能跟老百姓一样论啊，叫就是了。"

钓鱼台的男女老少就统统管她叫嫂子。若是在场的还有本庄的嫂子，为了区别起见，你当面叫她公家嫂子她也不嫌。

那个杨税务确实特别能抓中心工作。无论什么样的工作组，诸如学大寨了，抗旱了，计划生育了，打狗了等等，都少不了他。喝到一定程度，他就开始安排工作："打狗很重要，啊，打狗是我党我军的光荣传统。战争年代，你正要采取个夜间行动，狗叫了，你说咋整？现在呢，又有狂犬病，你不打，让它一咬，毁了，神经今今的了。一个庄要有那么三十五十的狂犬病人，还建设社会主义新农村呢，屁也建不成！当然喽，抗旱也是很重要的喽！我看你们村的地都干得跟鳖盖子样的了，那还不抓紧抗旱？还打狗呢，分不出个主谓语来！"有时候，正赶上庄里放电影，开演之前他也要拿着话筒啰啰上一会儿。他说："不杀山羊怎么封山造林？你造的还不够它啃的，那还造个屁啊？当然喽，大积农家肥也是很重要的喽！庄稼一枝花，全靠肥当家，你把山羊都杀了，怎么积农家肥？没有肥怎么打粮食？打不出粮食你吃鸡巴毛啊？还看电影呢，不懂个唯物主义辩证法！"

由此你就能想到，公家嫂子为什么也经常说个唯物主义什么的。

杨税务这么三啰啰两啰啰就把中心工作给啰啰走了样儿。本来是要打狗，他啰啰上一会儿就成了抗旱。总之是什么重要什么紧急就先抓什么。时间长了，人们就有了经验："他前边儿说的是上级的指示，那个'当然喽'后边儿是他自己的精神，你按'当然喽'后边儿的精神干没错！"刘曰庆对他很崇拜。说他对农村工作熟悉，工作作风有灵活性，不强制命令，有一定的哲学思想。公社党委却不中意他，说他是个酒晕子，一天二十四小时八个小时睡着，十六个小时醉着，脑瓜儿不清醒，卖矛又卖盾，拿中心工作当儿戏。加之他的本职业务也不怎么样，税收任务完不成，还经常受个小贿什么的。有一次就借着一封人民来信停了他的职，让他在家写检查。

杨税务没多少文化。他能啰啰，但不能写。公家嫂子就请刘玉华去替他写。刘玉华有"初中肄业之文化"（刘玉华语），还会写诗什么的。她对刘玉华写的那首"集体劳动好，把爱情来产生，个体劳动则不行，不管你多么有水平"的诗特别感兴趣，还不时地背上那么一两句。以这样的文采替杨税务写个小检查那不是小菜儿一碟吗？刘玉华替杨税务写检查的时候，公家嫂子就在旁边酒肉侍候。他捏着小酒盅说："还是冬天好啊！外边儿雪花飘着，屋里火炉生着，猪肉白菜豆腐粉皮儿地那么炖着，小酒盅这么一捏，小错误那么一犯，小检查这么一写，真是神仙过的日子啊！杨大哥每年要是多犯上它几回就好了。"

杨税务嘿嘿着："你这个同志，缺乏个严肃性呢！"

公家嫂子就说："什么思想！不盼着人家进步，还盼着人家犯错误，不懂个唯物主义辩证法。"

钓鱼台有看望犯错误的人的传统，就像别的村有看望病人的风俗一样。那年何永公那个南下的儿子，让人家打成了走资派跑回来了，全庄一户不漏地都提着鸡蛋挂面去看他，送去的东西吃不了，何永公还卖了不少。刘玉华一给杨税务写检查，庄上的人知道他犯错误了，也不问犯的是什么错误，就都提溜着东西来看他，让他"好好吃饭把心放宽，千万不要想不开，要是想不开就会窝囊出病来，这可不是闹着玩儿的！"

有的就说："现在的中心工作确实也是不好抓，神仙也得犯错误！"

还有的就愤愤不平："这么好的一个同志，怎么能随便让人写检查！是公社书记捣的鬼吧？他那个熊样儿！长得跟蒜臼子样的，还让人写检查呢，胀得他不轻！"

就把杨税务两口子安慰得热泪盈眶。

刘日庆还照常找他请教："去公社开了大会，要咱割资本主义尾巴呢！"

杨税务说："资本主义尾巴那得割，这是当前的中心工作嘛！"

"两只鸡可以喂，三只鸡不能喂，工作量还怪大哩！"

"三只鸡不能喂，那就喂四只！"

"恐怕够呛！"

"留两只顶什么用？称了盐打不了油，缴了学费买不了书，要是生病啦，来个客人啦，吃个屁啊？"

"那你说这尾巴怎么割？"

"杀狗！"

"杀狗行！庄上跟资本主义尾巴沾点边儿的我寻思别的也没什么了，就是刘来顺那台织布机可能有点问题！"

杨税务说："有什么问题？现在还穿家织布的你看看都是些什么人？还不都是家庭困难？把他那个织布机给割了，让那些家庭困难的穿什么啊？"

公家嫂子在旁边儿说："刘来顺还是手工业者呢，跟工人阶级差不离儿呢！"

杨税务说："我和支书研究中心工作，娘们儿家别插嘴当私人秘书，毛主席也不赞成这个！"

李玉芹就脸红了一阵儿。

支书说："行，就这么办！"

杨税务说："以后抓中心工作要注意个灵活性儿，啊？那年我带着工作组到玉芹她娘家那个庄上抓以粮为纲，上边儿有人提出要把枣树全砍了，退林还田种粮食，我让他们砍了几棵意思意思算了。转年怎么样？又提封山造林了吧？又让杀山羊了吧？所以一定要讲个唯物主义辩证法。这样做对个人有什么坏处呢？无非就是写个小检查，检个查也比一天一个样儿地瞎折腾强啊！把老百姓折腾烦了，他不啰啰你了，你还领导个屁呀？"

刘曰庆佩服得五体投地，说："那是，领导个屁不假，嗯！"

刘玉华那个小检查写得不错，公社党委比较满意，非但没给杨税务什么处分，还让他改行当了民政助理，他就又继续参加各种各样的工作组去了。杨税务那个家也很快成了庄上的一个玩场儿。不管他在不在家，你都可以在那里扯闲篇儿、喝茶水、打扑克、随地吐痰。李玉芹也不嫌乱得慌，她说："咱们钓鱼台多好啊，有点事儿谁都往前凑，俺那个庄就不，没事儿他还巴不得你出点事儿，出了事儿都躲得远远的，根本不懂个团结起来力量大，唯物主义辩证法，要不是俺们老杨，那些枣树早砍个屁的了，还吃大红枣儿呢，屁也吃不成！"

这一对儿老夫少妻关系很不错，每天不管多晚，杨税务总要骑着自行车从某个工作组赶回来。一到家，第一件事儿就是把公家嫂子给掀到床上，忙活上小半天。有一回何永公去他家扯闲篇儿，刚进院子就听见屋里的声音不对头，老家伙乃是过来之人，经验丰富，听其声即辨其事儿，遂让他听了个全过程。过后他跟刘玉华说："这个杨税务，也不知哪来的劲儿，年纪也不小了！"

刘玉华说："你也是个老不着调啊，还听这个！"

"他两个长不了，早晚得出事儿！"

"为啥？"

"好过头儿了！所谓亲极则疏，酒极则乱，乐极则悲，故乐不可极，极乐成哀，欲不可纵，纵欲成灾，这才叫唯、唯物主义，嗯。"

何永公的嘴真臭，可也真准！转年夏天，沂蒙山下了三天三夜的大雨，山洪暴发，沂河暴涨，杨税务去沂河那边儿开会来着，让大雨给堵住了。他在那里住了一夜，雨还没有停的意思。傍晚的时候，他喝了个小酒就急着往回走，别人劝他不要走，"离开一天就撑不住了？"他不听，说是雷鸣电闪的娘们儿家害怕，"武装泅渡咱都泅过，阴沟里还能翻了船？"结果过沂河的时候就让大水给冲走了，三天之后才在下游的水库里打捞上尸体来，谁都不寻思的。

刘玉华为此又赋诗一首：杨税务死亡非正常，天地为之久低昂。他本脱产一干部，卖矛卖盾怎久长？若是让我来评价，三七开你看怎么样？玉芹大嫂实哀伤，小女嗷嗷待成长。尽管有点小抚恤，生活还是够她呛。鱼台本是好村庄，团结互助发扬光。关心体贴多照顾，寡妇跟不寡一个样儿。

刘玉华当时当着团支部书记，他组织一帮小青年就把她家的活儿给包了。你稍微一怠慢，他就不高兴："刘来顺，没看见玉芹嫂子的菜园该浇了吗？当初要不是杨税务，早把你那台织布机当资本主义尾巴给割了个屁的了，不知道个所以然。"

刘来顺颠颠儿地就去给李玉芹浇菜园了。

在这种形势下，公家嫂子李玉芹坚持走集体的道路那还不倍加坚定？

三

生产队的章程还是老章程，敲钟出工，吹哨放工，地头儿评分儿，会计记分儿。只是比先前自由了些，只要不是农忙季节，假很好请，想不出工就不出工。刘玉华说："广播上说大锅饭有什么毛病，咱就注意克服什么毛病。他们说吃大锅饭不自由不是？那咱们就自由一点儿，别管得那么死，你赶集上店走亲串门儿，打个招呼就行，当然喽，还是要讲个自觉性儿！"

刘玉华早晨敲钟敲得格外响，把那些分了地的单干户们也敲醒了。那些人听见钟声一骨碌爬起来，寻思寻思又躺下了。韩富裕爬起来之后没再躺下，他想看看生产队的人干什么，而后再参照着去干自己的活。韩富裕是放羊出身，当了几年兵回来也没放。他对农时农活一套不怎么懂，什么时候该干什么心中无数。他见生产队的人扛着镢头去西山修地堰了，就觉得自己的地堰也应该修，过一会儿就也扛着镢头到自己的地里去了。

天很冷，生产队里干活的人不多，但很活跃，有说有笑。刘玉华在一处豁口垒地堰的时候，李玉芹给他打下手，两人一递一垒一递一句地打哈哈。刘玉华说："玉芹嫂子你怎么长的来，越长越年轻似的！"

李玉芹嘻嘻地说："小嘴甜的你，还年轻呢，哪有小调妮儿年轻啊！"

小调妮儿是刘玉华的老婆，整天跟生气似的，特别能骂人。刘玉华说："她年轻是年轻，可是不如你温、温暖哩，好像天越冷你就越温暖！"

李玉芹笑得咯咯的："净胡啰啰儿！再不老实，'以脚踢其腿'让你站好个×养的，怎么寻思的来！"

刘玉华说："嘻，不会说个话，哪壶不开单提哪一把。"

他两个这么嘻嘻哩哩地穷磨叨的时候，韩富裕在不远处的责任田里不时地往这瞅。刘玉华见了，说笑的声音就更大："这个天儿要是猪肉白菜豆腐粉皮儿的那么炖着，小酒盅那么一捏，小错误那么一犯，小检查那么一写，那就更恣了。"

不想李玉芹一下子不吭声了，表情也黯黯的。刘玉华自知失了嘴，小声说："刚才是我的错误，我不该提这事儿，但你要高兴一点儿，韩富裕看着咱们呢，咱们馋馋这个单干户！"

一会儿，刘玉华吆喝一声："同志们哪，咱们歇一会儿吧？抽袋烟！"

十来个干活的就凑成堆儿了。

刘来顺说："干活的不多呀！"

王德仁说："是不多。"

刘来顺说："一个个的要嘴皮子好样儿的，干起活来就白搭。讲社会主义优越性，光从享受的角度讲啊？"

李玉芹说："看看，又不注意个团结起来力量大唯物主义辩证法了不是？"

刘来顺说："你拉倒吧，还唯物主义辩证法呢。过两天我也请假，去东北俺大哥那里待两天！"

刘玉华说："行，农闲季节甭这么认真，有点活干就比抄着个手在街上闲逛强，三逛两逛就逛出事儿来。"

韩富裕从他的责任田里凑过来，觍着个脸说："还是这里热闹，天怪冷，是吧？"

刘来顺说："当然冷了，还能不冷？"

韩富裕说："这个天儿排练个节目不错。今年不成立个宣传队宣传宣传'三中全'呀?"

刘玉华说:"还没研究哩,抽空儿研究研究!"

韩富裕说:"要是成立宣传队,需要我干什么说一声!"

王德仁说:"五十多了还热这玩意儿,小孩一样!"

韩富裕嘿嘿着:"农村嘛,也就是敲个锣打个鼓什么的还热闹点儿,再说庄上还有这么多小光棍儿,不成立宣传队怎么把爱情来产生?"

刘玉华:"这是经验之谈,值得重视。"

韩富裕脸上就红了一下。

农闲季节,钓鱼台向来都是一天吃两顿饭干半天活的。生产队的人歇完了,又干一会儿就放工了。

四

李玉芹还在家为姑娘的时候刘来顺就认识她了,他去她家刷布时认识的。

刘来顺也上过初中,他小时候对刘玉华特别崇拜。刘玉华能将手电筒的小灯泡卸下来安到房梁上,把干电池放到枕头底下,中间拿铜丝儿那么一连,让它亮它就亮,不让它亮它就不亮。刘玉华管这玩意儿叫共产主义生活的一部分,说:"看看,嗯,共产主义生活的一部分就这么提前过上了。"刘玉华说的"科学与技术乃两回事儿也,有技术即可混饭吃,懂一点科学则暂时不能"的话对他影响也特别大,加之班主任老师对他没好印象,说他"四肢发达,头脑简单,看着怪聪明,实际一脑子糨糊",就也"下学焉"。他下学回来跟他爹学织布。他爹对此还来了个理解万岁,说是吃饭穿衣是最重要的两件事。要吃饭须种田,要穿衣须织布,无论什么时候种田和织布这两件事都是失不了业的。官至七品,不如一艺在身。

织布这件事,刘来顺从小耳濡目染不学自会,可刷布他不会,待再有人预约织布的时候,他爹就带他去刷了。这就认识了李玉芹。

那个庄叫枣树行,三三两两地坐落在一处处绿树掩映的山坳里。漫山遍野的全是枣树。正是枣花飘香时节,到处蜂飞蝶舞,走在路上一不小心就会碰一家伙,连空气都甜丝丝的。他爷俩到李玉芹家去的时候,少女模样的李玉芹就端出一盆放了蜂蜜和石榴汁的水给他们喝,又甘甜又清凉。刘来顺认为那是全世界最好喝的水之一,那姑娘长得如此俊美，眼睛特别大，酒窝特别甜，皮肤还怪细，身材也不错，肯定就与经常喝这玩意儿有关。

所谓刷布实际上就是刷线。将做经的线先放到糨糊里用手撮，而后将线的一头儿缠到羊角状的木拐子上，再慢慢地拽开，用刷子刷。这就须好天气，有好太阳。这样边刷边晒边缠，得寸进尺地就将做经的线刷好了。他爷俩儿在离她家不远的打麦场上拉开架势刷布的时候，那个漂亮得要命的姑娘就在场边儿的树荫里纺线。她纺线的姿势很好看，演节目似的，纺线的声音也好听，小蜜蜂似的。刘来顺的爹将关键工序弄好，在旁边儿指导了一会儿，就跟那女孩的爹喝茶拉呱去了，他自己刷。

太阳很好，但很晒人，而且他觉得旁边儿还有个比太阳更热的东西在时时炙烤着他的脊背，让人一阵阵拔火罐儿似的麻热。他手中的刷子也不好使唤了，接连刷断了好几根线，他的汗下来了，他悄悄地从草帽底下看一眼那女孩，发现人家并未注意他，仍在很熟稔地纺线。小手一牵出来一条银线，亮光闪闪；小手一松，那线又没了，留下一道光弧，既神奇又好看。他很快就平静下来，有条不紊地刷起来，并充满着独立工作的自豪感。这实际是一件工作的两道工序呢，你纺线来我织布，我挑水来你浇园，他想唱上两口，但没好意思。没好意思是没好意思，心里可是怪恣来。他想到七仙女也是个手工业者呢，她那六个姐姐全是。天上一批手工业者，地上一批贫下中农，集体劳动好，把爱情来产生。操，不押韵了，让刘玉华来刷布，肯定就会说得很押韵。"嘣！"又断了一根线，他忙不迭地又接上了，刷着刷着，他开始觉得这手工业者的工作原来这么枯燥，没有多少新道道儿。太阳火辣辣的当头照，那个纺车哼嘤哼嘤的很单调。他想跟那姑娘拉拉呱儿，一时还找不着由头。他就拼命地喝水，如果把那个小瓷盆儿里的水喝完，那姑娘就会来添水了，这样就可以顺便跟她说说话，谈谈一件工作两道工序的问题，七仙女也是个手工业者的问题。问题是水喝得太多撑得要命老想撒尿，而且撒一次还不行一会儿又要去撒。待他再一次撒完尿回来，那姑娘说话了："懒驴上磨屎尿多，没把你个鳖肚子撑破啊！"刘来顺一下子让她骂愣了，你想不到这么漂亮的女孩怎么还会开口骂人！待回过神儿来，赶紧颠儿颠儿地刷布去了，那点手工业者的自豪和想跟她说说话的野心全让她打击没了。待把所有的线刷完，他再也没喝一口水。那姑娘来送水的时候还盯着他刷过的线看来看去呢，满脸不信任的表情，唯恐不合格似的。骂人太狠了！没有文化啊，缺少教养啊！

刘来顺开始织布的时候，那个女孩不断地来送做纬用的线穗子，刘巧儿似的提着篮子，蹦蹦跶跶很活泼。她第一次来送线穗子的时候，还给他家捎来一小罐儿蜂蜜。刘来顺他娘过意不去，留她吃饭，她说行，吃就吃。问她吃羊肉吗？她说她什么也能吃，狗屎头子不能吃，狗屎头子能吃她也吃。刘来顺就不计前嫌了：这人说话原来就这么个说法，上回她不一定是有意骂他。

这样的三来两往，两人就熟了。刘来顺就给她讲纺线和织布是两道工序的问题，七仙女也是个手工业者的问题："《天仙配》你看过吗？"

她说："没看，光听说过，俺那个庄又小又偏僻，谁屑去那里放啊！"

"以后俺庄要再放，我去叫你！"

"那敢情好！长了这么大，就看了一回《红日》，还跑了二十多里地，把我吓得了不得，死那么多人！"

刘来顺说："那不是真死，全是假装的！"

她说："跟真的一样哩，怎么演的来！"

他知道这女孩叫李玉芹，他则告诉她自己叫刘来顺，"因为排行老二，小名乃叫二顺子，你知道'乃'是什么意思吗？"

李玉芹胸脯缩了缩："这个还能不知道啊？小孩子家说这个不好！"

刘来顺说："这说明你就是不知道，乃就是'就'，乃叫二顺子，就是就叫二顺子。"

"你懂得还怪多哩，你多大？"

"快十七了！"

"十七就懂这么多呀？俺十九了，还什么都不懂。"

"关键是要有文化，啊！"

李玉芹家的布织完了，还没有来放电影的，越盼越不来。后来他听说离钓鱼台八里地的大泉庄放，他就约她去了。不想那个杨税务也在那里，放电影之前他就拿着话筒在那里啰啰杀山羊的问题，引得大伙儿一阵阵笑。刘来顺说："这个人我认识，特别能啰啰儿！"

李玉芹说："这个人我也认识，讲话挺有意思！"

"你怎么认识的？"

"他到俺庄搞过民兵训练呢，打出来的信号弹都好几种颜色，特别好看！"

刘来顺的心里竟然还有点小不悦。

电影放的是《龙江颂》。正放着下起小雨来了。刘来顺将上衣脱下来两人一起顶着继续看，三顶两顶两人就偎成堆儿了。刘来顺就闻到了一种很温暖的甜兮兮的气息。雨水漏下来，流到他俩的脸上，就将两张脸给粘住了。稍微动一下就"哧"的一声，揭膏药似的，很舒服。过一会儿就再粘再揭。李玉芹说了一句形容这种情况的歇后语，刘来顺没听清，问她怎么个事儿，她脸红红地说："没听清算了，好话不重两遍！"刘来顺的另一只手揽着她的腰，揽着揽着就企图往某个地方努力，她拧他一下，说："以为我不知道！"他就说："长得跟江水英样的哩！"她则说："年轻轻的，不学个好。"

电影放完了，雨也就不下了，好像老天故意给他个亲近她的机会似的。回来的路上，李玉芹说："还江水英样的呢，人家江水英是干部家属呢！"

"你怎么知道？"

"你没看见她家门口挂着军属牌子吗？"

"看得还怪仔细哩！"

她就说她们庄上有个长得不怎么样的姑娘，到县城当了干部家属，"可胀包（方言：自我膨胀）了，还让我到她家看孩子呢！每次回来还坐在自行车前边的大梁上让她男的带着呢！"

"是怪胀包的！"

李玉芹气哼哼地说："什么时候咱也弄个干部家属当当，把那个小妮子给比下去！"

刘来顺就再也没吭声。

他两个先前就这么点事儿。

不想没过两年李玉芹竟然嫁给了杨税务，而且还来钓鱼台安了家。干部家属就这么当上了，她肯定也坐在自行车的大梁上让杨税务带过了。刘来顺后来就想：女同志要实现个理想到底是容易一些。李玉芹见着他当然也不自然了一会儿，可很快就客气起来，让他以后多关照，"团结起来力量大，唯物主义辩证法不是？"瞧，还唯物主义辩证法呢！学得还怪快哩！这个女人原来也如此而已呀，漂亮是漂亮，酒窝儿也怪甜，胸脯也丰满，可思想平庸啊，找了个整天胡啰啰的酒晕子，而且比她大十几岁可不少，说是爷俩还差不多，眼高手低很寥寥。

此后她家成了个玩场儿，他从来也没去过；杨税务犯个小错误，他还觉得怪畅快；人家管她叫公家嫂子，他还往公共意义上寻思，露出不屑一顾的神情。早晚他听说杨税务夫妇保护了他的织布机，他见了李玉芹才说话。后来杨税务让大水给冲走了，他就默默地帮着她干活。有一回他正给李玉芹浇菜园，李玉芹远远地看见，眼泪就掉下来了。

刘来顺那台织布机，割资本主义尾巴时没割了他的，却让那些涤纶涤卡什么的冲击毁了堆儿。刘来顺尽管对此早有预感，可当那些名字很好听的化学的东西铺天盖地地涌进了沂蒙山，整个冬天真格的就没有一家来预约织布了的时候，他还是感到了说不出的悲凉。随后他爹去世了，他娘让东北他大哥接了去，他一个人在家守着空荡荡的一个大院子确实也是怪冷清。他要把那台织布机拆了烧火，让刘玉华给拦住了。刘玉华说："化学的东西不好，植物的东西好，早晚有一天植物性质的棉布还会吃香，这一点定了。毛主席不早就说过，'社会要走 S 形，有时候说不定还要走 O 形'。又不是没传达，不好好寻思寻思。"他就把那台织布机拆开塞到了猪圈的房梁上。刘玉华还说他："个人问题至今没解决，盖由于长期不参加集体劳动。我说'集体劳动好，把爱情来产生。个体劳动则不行，不管你多么有水平'不是随便说的，这是真理，嗯！"于是，他就到生产队里挣工分去了。他长期室内作业，小脸儿挺白，手指头挺长，肩膀很窄，水蛇腰还有点弯曲，干地里的活不怎么行，队长就把他安排到果园去了。李玉芹正好也在那里。这么劳动了一段，哎，还真不错，他跟李玉芹的事情就有所进展，逐渐地就把感情来产生。在这种情况下，搞分田到户要散集体的伙，刘来顺怎么能干？况且李玉芹也留在生产队里！

过两天，刘来顺分别跟刘玉华和李玉芹打了个招呼，就去东北接他娘。李玉芹说："快回来呀！"

刘来顺说："还能不快？"

五

一进腊月，刘玉华放了生产队的假。韩富裕撺弄着他成立个宣传队热闹热闹，他跟刘曰庆何永公等人一商量就同意了。但没人挑头组织，韩富裕对这玩意儿热是热，但也只能跑个腿烧个水服个务什么的，让他挑头他挑不了。而村里的团支部呢？这时候正乱着，形同虚设没人啰啰儿。韩富裕就显出很难过的样子说："可惜玉洁二姑早出嫁了，我寻思了一圈儿，还真找不出这么个人来，要不还是你来干，除了你谁也玩儿不转。"

刘玉华唉了一声说："那就我干吧！"

韩富裕说："敲锣吧？"

"八字还没有一撇儿敲什么敲？成立了宣传队演什么？"

"当然是重点宣传'三中全'了！"

"本子呢？"

"你自己不能编？平时编得一套套的，关键时候就不行了？我看把那个《老两口学毛选》改成学三中全就怪合适！"他说着说着唱起来了："老头子，哎，老婆子，哎，咱们两个学三中全哎咱们俩学三中全，哎，还怪顺口哩！"

刘玉华让他气乐了："简直是胡啰啰儿！这么严肃的事怎么能搞成庸俗化？让上级知道了，不毁你个婊子儿的来！"

"嗐，业余性的农村宣传队还能要求多么高！庸俗不庸俗关键看你认真不认真。要不咱就再演《小姑贤》《小借年》？那年玉洁二姑教的那个《妈妈娘你好糊涂》和拿着扇子一扭一扭的小舞蹈我看也能演。"

"可谁来演呢？"

韩富裕说："你看着谁能演，列一个名单给我，生产队的人你说了算，单干户们我去做动员！"

刘玉华说："那你就动员动员看吧！"他随便说了几个小青年的名字，韩富裕颠儿颠儿地就动员去了。

韩富裕对钓鱼台的业余宣传队有着特殊的感情，与刘玉华的"集体劳动好，把爱情来产生"的看法相似，他认为农村青年只有参加个宣传队才能把个人问题来解决。他自己的个人问题就是连续参加了三次宣传队才勉强解决的。他对那年冬天排节目的情景记忆犹新、印象美好。

　　那年冬天，县文化馆培训农村业余文艺骨干，钓鱼台就派团支部宣传委员刘玉洁去了。她在那里学会了吕剧《小姑贤》和《小借年》，还学会了《妈妈娘你好糊涂》的表演唱和拿着扇子一扭一扭的小舞蹈。她一回来，韩富裕就把她给盯上了。韩富裕个子很高，牙很大，个人问题解决起来比较困难。他见头年演节目的好几对青年男女都自由恋爱成了功，就磨磨叨叨地想参加。他问刘玉洁："你那些节目里有没有坏家伙？咱演不上好人，演个坏家伙也行啊！"头年他在一个活报剧里演过汉奸，他把满嘴的大牙用锡纸那么一包，在台上舞舞扎扎，惹得下边儿哈哈笑。

　　刘玉洁说："宣传性的节目能有什么坏家伙！"

　　"没有坏家伙的节目可就一般化了。"

　　"一般化就一般化呗，它就是没有，我有啥办法？"

　　韩富裕就说："编节目的人没水平，没有坏家伙怎么能热闹？"

　　支部书记刘曰庆给他说情："演不上坏家伙就让他干点服务性的工作吧，管个汽灯烧个水啦，敲个锣鼓跑个腿啦，还就得有这么个人。"

　　刘玉洁就同意了。

　　刘曰庆对从县上学来的节目特别重视，成立宣传队的时候亲自做动员，说："节目里演的，就是上级提倡的，得好好领会精神，不能一般演演就算完，那个节目说谁糊涂？"

　　"说妈妈娘你好糊涂。"

　　"嗯，上了年纪是容易犯糊涂不假，具体怎么个精神来着？"

　　刘玉洁把词儿给他念一遍，他就说："原来是反对包办婚姻的，以后谁再搞包办，就上她家门口唱去，县上学来的节目可不是闹着玩儿的。"

　　农村排节目的意义不在于将来演得怎么样，而在于排的本身，在于排节目时的那种气氛。经常有这种情况，你这里节目刚开始排，庄上几乎所有的人就都知道是怎么个精神了。有时候演员在台上慌了神儿，台下某个小学生说不定还给你提词儿呢！大人们就会安慰上你两句："别慌，忘了词儿不要紧，咱又不是专门儿干这个的。"冬天的傍晚里，锣鼓那么一响，家家户户就会发生点小骚动。韩富裕服务工作干得特别积极，你这里刚端起饭碗，他那里锣鼓敲上了，敲得你心里麻麻痒痒的，根本吃不下饭，胡乱扒几口就往街上窜。

　　韩富裕敲一会儿锣鼓就去点汽灯，点完了汽灯生火炉，这里那里的拾掇一通儿，等演员们陆续到齐了，他就咋呼一声："别敲了，别影响了演员背台词儿！刘乃厚，不让你敲嘛你还敲，没有个自觉性，年纪也不小了。"负责同志似的。

演员们背台词的时候，韩富裕就蹲在旁边儿烧水冲胖大海，吓唬吓唬趴在窗台上往里瞅的孩子们："去去去，别看了，早看了演的时候就不新鲜了。"

女演员们跟他嘻嘻哈哈："老韩同志的服务工作做得真是不错，这胖大海冲的！真胖啊！"

"没什么，这点小活儿不值得一提！"

"还怪谦虚呢！一谦虚就进步了。"

"这点小谦虚算不了什么，咱在部队立三等功两次从来没说过才是大谦虚呢！"

"是吗？那可是不简单，把你那军功章拿来咱瞧瞧！"

他颠儿颠儿地就去拿了。

韩富裕做服务工作真是不容易，只要是宣传队的人，谁都能支使他，这个让他借服装，那个让他借道具，支使得他这里那里的团团转，他则自我感觉良好，乐此不疲。有人问他："今年的节目是啥内容啊？怎么光见演员背词，不见演员排练呀？"他就说："主要精神是让你别糊涂，词儿全是新的，不好背，嗯！"

刘玉洁组织宣传队以貌取人，看着不顺眼的她不要，安排角色则跟做媒似的，讲究个容貌相当，脾气相投，特别还要考虑到亲戚里道姓氏辈分。你不能将堂兄妹或姑侄俩安排成两口子，也不能将姑侄俩或爷俩儿安排成兄妹或哥俩，这就很麻烦，也很危险。三排两排就会把爱情来产生。因此上，钓鱼台的小青年到了一定的年龄就会格外盼着冬天来临。到了冬天就可以组织宣传队了，组织了宣传队就容易把爱情来产生了。

果不其然，待节目排得差不多了的时候，宣传队里一下子成了好几对。那时候青年男女谈恋爱兴互相提缺点，而且主要是女的给男的提。你看见那个女的给某个男的提缺点了，那就是基本上定下来了。有天晚上排完了节目，在《小借年》里演妹妹的姑娘，突然当着好几个人的面儿，给演穷秀才的青年提了三条缺点，情绪很激动，措辞很刻薄，那青年有点招架不了。韩富裕问他："怪幸福是吧？"

那青年悄声嘟囔道："这哪是谈恋爱，纯是糟践人啊！"

韩富裕就说:"瞎驴拴到槽上,为(喂)你不知道为你,缺点提的这么具体还能不幸福?得了便宜卖乖呢!"

韩富裕的对象问题却仍然没有着落。刘曰庆找到刘玉洁说:"韩富裕表现怎么样?"

刘玉洁说:"表现挺好,挺能干,还怪感动人哩!"

刘曰庆说:"他接连参加了好几年宣传队了,这个对象问题老落不了实还是个事儿来。他可是复员军人啊,还立过三等功两次什么的。他依靠组织解决个人问题,咱老给他解决不了,也说不过去呀!"

刘玉洁说:"是不好解决,我要是没对象,我就嫁给他。"

"你是军婚那怎么行?你看我家二妮子乃英怎么样?"

刘玉洁很吃惊,说:"那怎么行,这么俊的闺女嫁给他怪可惜了的!"

"这事儿就托付给你了,你去做做二妮子的工作,让她好好跟韩富裕谈。"

刘玉洁很感动,找刘乃英连谈了三晚上,刘乃英终于给韩富裕提缺点了:"一是不怎么会过日子,去年在石炕子峪分地瓜你嫌远不去拿,烂到那里去了;二是吹吹嘘嘘,还假装谦虚,动不动就立三等功两次,你立三等功两次有什么了不起?三是舞舞扎扎不稳重,负责同志似的爱显能,你算干什么的?唵?"

别的姑娘也帮着刘乃英给他提缺点:"你放羊放得一身游击习气,整天逛逛游游,还串门子什么的,这么大的个子净往娘们堆儿里串个什么劲儿?"

"你复员回来的时候还撇腔呢,还坐碗(昨晚)回来的呢,还坐盆儿哩,酸得你不轻,你觉得你怪能啊!"

"你那两个门牙也不小,怎么长的来,獠牙似的,啃西瓜好货,以后跟乃英亲近你得小心点儿,别没轻没重地逮着不上税的了。"

"你还散布封建迷信呢,你说鼻子破了要是把鼻血抹到笤帚上,过了七七四十九天,那笤帚晚上就会在院子里跳,吓得人不轻,你是从哪里学来的,唵?"

提得韩富裕脸上红一阵儿白一阵儿,连刘乃英也有点小动摇,眼看不啰啰他了。最后韩富裕的眼泪也下来了,连说:"我改还不行吗?我改还不行吗?"

后来他两个当然就成了功。不想他两个结婚之后,刘乃英跟那些当初帮着她给韩富裕提缺点的小姐们儿就记了仇,说:"你们的男人就好了？一个个跟蒜臼子样的，还笑话人家的男人呢，熊样儿！"

韩富裕吃水不忘挖井人，结婚不忘好媒人，从此对宣传队的感情日趋深厚经久不衰。刘乃英有时说他："年纪也不小了，还疯疯癫癫地跟小孩一样。"他就说："我又不抽烟，也不喝酒，连这点嗜好也不让有？"

韩富裕按着刘玉华提供的名单，挨家挨户地动员了一圈儿，垂头丧气地回来了，没人啰啰儿。人们宁愿花钱买票去一个姓曹的个体户家看电视，也不愿排节目了。他们说都什么年代了，还鼓捣那玩意儿！生产队的人鼓捣还能挣工分，咱去鼓捣谁给咱工钱？

刘玉华说："看看，没人啰啰儿吧？我估计就没人啰啰儿！"

韩富裕说："操他的，什么觉悟！这个单干就是有问题，把人心都搞散了。"

刘玉华说："我看也别演什么节目了，咱们就成立个高跷队吧，自愿参加，到时候锣鼓那么一敲，会踩高跷的人脚还不痒痒？庄里庄外地走上两圈儿热闹热闹算了。"

韩富裕仍然有点不甘心地说："看来情况也就这么个情况了。"

韩富裕的儿子经常从家里拿鸡蛋去那个姓曹的家换票看电视。韩富裕见了说："昨天晚上看了的怎么今天还看？翻来覆去地看个什么劲儿？不会过个日子！"

他儿子说："你以为电视跟电影一样老放一个片子啊？今天放的跟昨天的不一样呢！"

韩富裕不信，说："他哪有那么多片子！"

"又不是他自己放的，是电视台放了，他这里收的呢！"

韩富裕经不住诱惑，也去看了一回。看完了，他说："效果不佳，净下雨点子，这么个熊玩意儿还卖费，庄里庄亲的怎么好意思来！"

他又去跟刘玉华商量：这个宣传队还非成立不可哩，生产队就不能跟那个姓曹的竞、竞争一下，把群众团结在生产队的周围？那个姓曹的有历史问题呢，还参加过还乡团什么的，我看见他就恶心！

刘玉华说："现代化的东西怎么能竞争得过？刘来顺那个织布机不就让些化学的东西冲毁了堆？"

韩富裕说："什么形势！"

刘玉华就感慨地说："老韩哪，我看咱俩都犯了一样的毛病，我留恋集体劳动的气氛，你迷恋宣传队的热闹，老想恢复过去的时光，留住印象中的好东西，这可能吗？你就是把宣传队成立起来，制造一

点人为的热闹又有什么意思？总觉得有点虚假，远不是原来的那种味
道了是不是？"

韩富裕神情黯然了一会儿死了心，再也不提成立宣传队的事了。

年三十那天，刘玉华召集生产队的小学生，敲锣打鼓地去给烈军
属贴对联送蜡烛挂纱灯。韩富裕听见了，从家里跑出来，远远地看着
敲锣打鼓的孩子们，眼眶就有点湿润。

春节之后，生产队的十来个小青年踩着高跷在村里转了一圈儿。队
伍很短，场面有点冷清，韩富裕就觉得确实不是原来的那种味道了。

六

刘来顺去东北接他娘，让他大哥一顿好训。那个大顺子一听他还
留在生产队里就火了。大顺子说："沂蒙山那疙瘩的人我还不了解呀？
沂蒙山人是惯于饿着肚子为饿肚子的原因辩护的。看，我饿得多么有
道理，多么有水平，多么光荣！又是革命传统，又是老解放区什么
的。你要想办法让他吃饱呢，他就怀疑你的办法，这不对，那不对，
甚至骂娘。连人要吃饭进而要吃饱吃好的道理都不懂，还毛泽东思想
深入人心，集体的道路地久天长哩。你以后少给我装腔作势，三十多
了，连个老婆都找不上，还担心这忧虑那哩，你忧虑忧虑你自己吧！"

刘来顺说："找不上老婆怨我吗？集体劳动才能产生爱情，我长
期单独室内作业，谁对咱了解呀？"

"你拉倒吧，整个一个半吊子还室内作业呢，你这些词儿是从哪
里学来的？顶吃还是顶穿？就你这个熊样儿，谁屑找你呀？找着你把
脖子扎起来听你瞎啰啰。整天神经兮兮的还自我感觉良好哩！你跟
那个老华子能学出什么好来！"

说得刘来顺脸红脖子粗地眼泪几乎流下来了。

他娘就说大顺子："说得这么难听干吗呀？你不会好好说呀？就
跟你不是沂蒙山人样的，他又不是来求你买木料！"

大顺子就说："我要不说得难听一点儿，他还会自我感觉良好！"

他娘说："好啦！好啦！"完了就要大顺子去买火车票，她要跟二
顺子立马回去，"你这疙瘩的水土我不服！"

大顺子好说歹说才将他娘俩留住，待春节过后，刘来顺和他娘就
回来了。

刘来顺一回来就要求退队。他寻思了一路，大哥的话难听是难听些，可是对呀。你不能饿着肚子为饿肚子的原因辩护，也不能扎起脖子来啰嗦集体的道路地久天长。这个大顺子在家里的时候八脚踢不出个屁来，一出去还人五人六地成了气候，到底是人外有人山外有山，长白山比沂蒙山大啊。

刘来顺找着刘玉华介绍了一番东北的情况，学说了大顺子说的一些道理，之后说："你看看留在生产队里的都是些什么人！一个个的老弱残疾，全是些耍着嘴皮子等着享受社会主义优越性的，那还有个好？"

刘玉华说："你这次出去长了不少见识，看来形势就这么个形势了，你大哥的话对呀，你愿意退就退吧！"

"那你干吗还留在生产队里？你又不是没有手艺！"

刘玉华"唉"了一声，说："我是队长啊！再说我太贪恋一种精神生活了！"

"精神生活？你那种精神生活不就是大伙儿一块儿干活的时候热闹一点儿吗？顶吃还是顶穿？你孩子都这么大了，还想把爱情来产生啊？"

刘玉华苦笑一下，说："'人多好干活，人少好吃馍'当然也是一方面；另一方面我觉得咱这个村多少年来一向风气不错，一家有难，众邻相帮。可一搞单干，人心确实是散了。今年春节孩子们去给烈军属贴对联送蜡烛，每家的东西不值两块钱，可那些烈军属们全哭了。要是一个个的都跟老曹家样的，去他家看个熊电视也要买票，没有钱就拿鸡蛋换，这么下去行吗？"

刘来顺说："那不还是因为穷吗？要是家家都有电视了，谁还去他家看？"

刘玉华说："最近我一直琢磨这个事儿，是保留生产队还是搞单干，其实只是个形式问题，一切都要看内容，各有各的长处，也各有各的弊端，只要不是一刀切就对了。"

刘来顺坚持要退队，刘玉华就同意了。刘来顺一退，李玉芹也退了。而韩富裕和另外两家烈军属反而入了队。让人想起一句类似的名言，生产队里边的人想出来，生产队外边的人想进去，很微妙的。

李玉芹真是个温暖而又果断的女人。她跟刘来顺一起退队，就等于向全村公开了他俩的事，她很乐意有这么个效果。

刘来顺从东北一回来，她就来看他娘俩了。她脸红红的，穿得利索索的，仿佛比先前丰满漂亮了许多。待说过一些亲热的寒暄的话之后，刘来顺他娘看出点小情况，就到院子里拾掇这拾掇那去了。

他娘一走，李玉芹竟害冷似的一下颤抖起来，眼泪也下来了。他问她："怎么了？"她压抑地流着眼泪，大滴大滴的泪珠从她那美丽的眼睛里滚落下来，带着响声似的。半天，她气呼呼地说："你是真不明白，还是装糊涂？"

刘来顺确实就不明白，莫非女人们爱起来都像发疟疾一样吗？但嘴上却说："还能装糊涂！关键是你要跟了我，就当不成干部家属了。"

"你这个死疙瘩呀，我恨不得咬你两口！"

"你咬吧，咬吧，喏，喏！"他就蹲到她跟前让她咬了。

她发疯似的在他脸上到处亲，喃喃着："把人熬煎的，我以为你不回来了哩！"

"还能不回来！"

刘来顺他娘在门外咳嗽了一声，进屋送水。两人重新坐好，刘来顺就啰啰东北的情况，他大哥讲的道理，而后就把准备退出生产队的打算跟她说了。不想她跟他不谋而合，说："我也有这个打算，只是不好意思提出来。"说完，又问他："东北的花椒多少钱一斤？"

刘来顺说："我还不大了解哩！"

他娘说："两块来钱儿吧！"

李玉芹说："看看，咱这里的花椒皮儿五毛钱一斤没人要，气得刘乃厚他们都烧了火，烧火还麻眼。咱俩搞一个代销点怎么样？往外推销花椒苹果大红枣，往里进烟酒糖茶日用百货，一家伙就弄大了。我寻思你有文化，干农活又白搭，搞个推销啦站个门头啦当个会计啦，说不定是个好货，怎么样？干不干？"

刘来顺一听挺激动，说："行是行，可咱没本钱哪！"

李玉芹说："你这个人不就是本钱哪？"她把那个人字格外强调了一下，"再说还可以贷款哪！搞代销点还三年免税呢！咱这里是贫困地区不是？有政策！"

刘来顺心里想，到底是给杨税务当过老婆，业务还怪懂："可建在哪里呢？"

"你家那座老宅子就怪合适，又挨着公路，装装卸卸什么的挺方便！"

"那是我大哥的呢！"

他娘说："你大哥的就是你的，他还能再回来呀？你们用就是，不用白不用！"

李玉芹说："那可就太好了。"

李玉芹发挥她年轻漂亮的特长，利用杨税务先前的关系，跑执照跑贷款进货渠道；刘来顺则发挥他有文化腿长的特长，记账算账搞推销，钓鱼台第一个个体代销店就成立起来了。李玉芹任经理，刘来顺任办事员兼会计。

开业的那一天，庄上的人都来凑热闹。刘玉华说："干脆来它个双喜临门，弄成个名副其实的夫妻店算了。"

刘来顺嘿嘿着不吭声，李玉芹就说："不懂个形式和内容的唯物主义辩证法！"

刘玉华嘱咐他俩："以后需要个人手什么的可得说一声，别不好意思。"

韩富裕问刘玉华："敲锣打鼓吧？"

刘玉华说："敲！"

敲得刘来顺热泪盈眶了。

李玉芹原来还包了一小片果园。当初分田到户招标承包果园的时候，村上没人敢包，村干部们说是生产队的人也可以包，李玉芹就承包了一小片。这次两人从生产队退出来又按人头带出来了十几棵，连在一起就是很可观的一片。他两个先前又都在果园干过，果树管理上的一套懂一些，两人形影不离地要么小卖部，要么苹果园，就这么干起来了。李玉芹的那个上小学的女儿由刘来顺他娘管着，两家又一块儿开伙，就跟一家人似的很红火。

他两个一块儿出去联系业务的时候，小卖部的门当然就关着。刘来顺跟李玉芹商量："招个女孩子怎么样？帮着站站门头！"

李玉芹不同意，说："坚决不要女的！"

"为什么？"

她瞪一眼刘来顺："女的毛病多，再说咱也不指望那个门头，那只是个招牌，咱们主要做门头上看不见的买卖！"

刘来顺就不知道什么是门头上看不见的买卖。他开始觉得这个女人有点神秘，不可等闲视之。那次他两个去县城联系业务，如果抓紧，当天就能赶回来。但她故意磨磨蹭蹭，这里转转那里逛逛，待把事儿办完，就非在那里住一宿不可了。她还会喝酒呢，她喝起酒来脸色红润醉眼蒙眬，格外迷人。她像换了个人似的说说笑笑很活跃。两人的房间当然是分着开的，但喝完了酒他把她送回房间去的时候她不让他走了，她要他陪她说说话。他说："生意上的一套你还怪懂哩，你怎么懂的来着？过去好像没发现你有这方面的天才呀！"

她笑笑："你没发现的多哩！我过去卖过大红枣儿还卖过细麻绳什么的，你没发现吧？我还会抽烟呢，来，给我一根儿！"他递给她一根儿，她就人五人六地抽起来了，还挺像回事儿，那烟确实就是从她鼻孔里出来的。他问她："跟杨税务学的?"

她说一句"不会说个话"之后就说起了杨税务。她说她当初认识他就是因为卖红枣儿。你知道卖东西的特别害怕搞税务的，但他睁一只眼闭一只眼，很好说话。他还经常让她到税务所里喝水呢，就让她很感动。后来他到枣树行抓中心工作搞民兵训练，能打出那么好看的信号弹又让她很崇拜。他到她家吃派饭的时候，喝完了酒，就拿出一沓人民币在桌上摔，他管人民币叫"国务院发的东西"，之后抽出一张大团结递给她爹说："李大哥，小意思，你收下！"就把她爹震得一愣愣的。他在她家管她爹叫大哥，待她打着灯笼，送他到大队部休息的时候，半路上他就管她叫小妹了。他把手揽到她的腰上说："玉芹小妹很美丽呀！不要紧张，啊！城里人大白天在街上走就这样呢，很大方的。没有人的时候就这样——"他扳着她的脸到处啃，吱哂有声。

刘来顺听了心里竟然很不是味儿："真不是个东西啊！"

李玉芹故意气他似的说："你是东西呀？我愿意，你算干什么的?"

刘来顺气呼呼地说："你愿意你嫁给他就是了。"

"我就嫁了，怎么着？还吃人家丈夫的醋呢，不要脸。"

他仍然气鼓鼓地嘟囔："你要脸呀？你多要脸！怪不得你那时候特别羡慕干部家属呢，敢情是早有目标了。"

她"扑哧"一下乐了："小心眼儿的你，谁让你当初那么小呢，你要早占下不就是你的了吗?"

刘来顺简直让她腐蚀得够呛！他嘟囔着"我现在可是大了"就扑上去将她抱住了。她深深地喘一口气，说："你大了，我可老了。"

他又嘟囔着："你根本不老！"

"你不嫌呀?"

"不嫌不嫌不嫌呀！咱们结婚吧，正儿八经地结个婚。"

她却沉着起来了："着什么急呀，这不跟结了婚一样吗?"

"你还怪解、解放哩，不等结婚就有了事儿。"

"在外边儿可以解放一下，回去就不能有事儿。"

"整天待成堆儿，没事儿人家也以为有事儿。"

"咱们就来它个有事儿也跟没事儿似的。"

"搞得这么复杂干吗呀！"

"工作需要！"

七

天大旱。一冬无雪，开春之后又滴雨未下。这种情况在别的地区也许算不上大旱，但在沂蒙山的北部地区那就是大旱。沂蒙山有"涝不死的北、水、南，旱不死的临、苍、郯"之说，意思是沂河上游的沂北、沂水、沂南三县再涝也不怕，而下游的临沂、苍山（今兰陵）、郯城三个县则越旱越丰收。特别是沂河发源地的沂北县，地势太高，河床落差太大，有点雨唰地就流下去了，根本存不住水。所以一样的情况在别的地方不怎么旱，这地方就格外旱。

这时候，小麦刚刚灌浆，春播即将开始，正是用水的时候可就是不下雨。分田到户的时候，大部分水利设施都破坏了，没法用。生产队的水利设施虽然没破坏，但也不配套了，麦田浇了一半儿也用不上了。刘玉华让人在机井旁边儿挖了个水池子，把水抽上来之后，靠肩挑手提地浇麦播种。单干户们也来挑水，他们说这机井是村里的，不单单是你们生产队的，你们用我们也能用。生产队的人说，这水是我们花钱买柴油用抽水泵抽上来的，你们不能白挑。单干户们说"我们缴钱，还能不缴"，可过后谁去挨家挨户地收那三毛两毛的钱呢？一个庄上住着整天碰头见脸的。尽管如此，单干户们浇上的地仍然不如生产队多，他们老婆孩子一起上阵哭天喊地也还是杯水车薪无济于事。而机井里的水还不能全抽光，你这里抽得厉害了，村里的那口井就没水了，全村的人畜用水也要成问题。大伙儿又都到五里地以外的沂河去挑水。挑着挑着沂河也没水了，季节眼看也要过了。生产队的麦田勉强浇了一遍，春播基本上搞完了，单干户们的地却大部分没种上。最后不管地干不干了，埋上种子就算完，完了就等着下雨。这时候，人们就觉得浇地这件事还是集体着方便些。

在这种情况下，李玉芹的那一亩半麦田却全都浇上了。是生产队帮她浇的。倒是有人说过"不啰啰她了"的，可刘玉华说："她孤儿寡母的你让她怎么弄？还讲不讲个'团结互助发扬光'？"

"她不是跟刘来顺合居了吗？刘来顺不会浇？"

"你听谁说他俩合居了？领证了吗？你看着像合其实还没合，等他俩正式成了一家人再不啰啰她就是了。"

刘来顺的地就没人给他浇。他自己吭哧吭哧地挑水浇了一点儿，李玉芹疼得慌，不让他浇了，说："我的就是你的，够吃的算完。最费力的是种地，最不值钱的是粮食，有工夫多做一笔买卖就有了。我还想把咱俩的地再回包给生产队呢。"

刘来顺就体会到她为什么不急于和他结婚了。她还在品尝着集体道路的优越性，享受着干部家属的殊荣。

天老不下雨，大伙儿都怪急得慌。单干户李守阳说："这么干爆着还是个事儿来，咱们得敬天祈雨啊！"

大伙儿都说行。

可谁来挑头张罗呢？单干户们愿意凑份子出钱，可不愿意挑头，个别愿意挑头的也觉得没有权威性，于是就想到了刘玉华，觉得还是生产队组织有号召力。刘玉华还不啰啰儿，说："我是共产党员，怎么能啰啰这个？"

李守阳说："你看天旱得这个样儿，群众也有这么个要求，你就出出面组织组织吧，嗯？党员也不能脱离群众不是？"

大伙儿也都说是呀是呀，这个么儿还就得你来弄。

说得刘玉华也有了点小同情，就说："你们问问韩富裕干不干吧，也只有他能张罗！"

不想韩富裕也不干。韩富裕说："头年生产队让你们演个节目热闹热闹，你们一个个牛皮烘烘，请了一圈儿没人啰啰儿，现在想起生产队了，没门儿！"

大伙儿没办法，最后公推何永公领衔挑头。李守阳说："那年就是他挑头的呀，怎么把这个茬儿给忘了呢！"

革命老人何永公叫是叫革命老人，其实他本人并没具体地参加过什么革命，只不过他儿子参军较早，后来又南下当了大干部罢了。他外号叫何大能耐，上过几天私塾，懂一点阴阳五行，看过几本初刻或二刻的东西，满脑子的伪科学。韩富裕当年谈恋爱姑娘们给他提缺点的时候，说他散布封建迷信的话，韩富裕就是听他说的。

有一年何永公确实就领着祈了一回雨。全村男女老幼满满当当地跪了半里地，把交通也堵塞了。有一个骑着自行车的脱产干部模样的人打此路过，站在旁边儿看热闹，何永公就过去将他摁到地上跪下了。后来才知道那人是县长，县长也没怪罪他，只是后来每当做报告讲到严重的问题是教育农民时就会提到这事。

这次大伙儿推选他挑头祈雨，他就又精神抖擞地领着大伙儿忙活起来。

完了，众人感慨不已，都说像这类群众自觉自愿的事情，还是有组织地进行好一些。

八

李玉芹和刘来顺收购了一批去年各家卖不出去的花椒，托运到东北大顺子那里去了。而后李玉芹打发刘来顺去一趟，看看销得如何，顺便再让他大哥批些木材回来，说是拿苹果换他的。刘来顺去了之后，他大哥还挺高兴，说："你也开窍了？不'毛泽东思想深入人心，集体的道路地久天长'了？那些花椒是按两块钱一斤批出去的，你们收购的价格是多少？"

"一块一！"

"这三吨就赚五千多，这点子出得还行来。你们要我批木材，那个李玉芹能给我多少回扣啊？"

"回扣？什么回扣？"

"你是真不懂还是装不懂？"

"我还真不知道哩！"

"你个土掉了渣儿的傻老帽儿！还做买卖哩。我这里给你平价木材，她那里议价卖，这中间的油水儿有多大你知道不？她不给我回扣，谁啰啰她呀？你以为我批木材就那么容易？从买出来到运回去，需要打通多少关节你知道不？哪一个关节不打点一下行吗？销那些花椒也是我四处打点了的，别心里没数。"

"我们不是给你平价苹果吗？"

"你拉倒吧，你那个苹果根本不存在平价议价的问题，全是市场价格，那里便宜这里贵，不是因为平价议价，而是由于地区差儿，懂吗？"

刘来顺说："那你按人家给的回扣数拿就是了。"

大顺子就批给了他们三十方木材，按较低的一个比例拿了他们的回扣，并嘱咐他："以后搞商品流通要注意建立一种感情联系，互惠互利，别许进不许出。"

刘来顺回来跟李玉芹一讲，李玉芹说："我寻思他不好意思拿哩，还真拿了，外边儿的人就是狡猾。"

这花椒一倒，木材一销，生意一家伙做大了。这时候刘来顺就知道什么是门头上看不见的买卖了，他对李玉芹很服。

李玉芹越发自豪、丰满和漂亮了。她像刚刚成熟的大红枣儿，脸儿红润，身体饱满，透着一股迷人的魅力。她当然就不时地慰劳他一番，说："怎么样？幸福吧？脱产干部的生活就这么过上了。"这个沉浸在幸福中的女人重新获得爱情之后，怀着唯恐再失去的心理，仔仔细细地品尝着享受着。刘来顺呢？因为刚知道点滋味，而且这爱情来得晚了些，也拼命地补偿着，乐此不疲地跟她耳鬓厮磨。

生意做大了，影响出去了，有些穿制服戴大盖帽儿分不清是工商还是税务方面的人来检查指导了。刘来顺分不清，李玉芹分得清。来人当然就酒席侍候，她作陪。酒喝到一定程度，有的人就对她动手动脚，她也不恼。她还跟人家称兄道弟呢！她把人家送走的时候，一个眼的眼皮还节奏很快地抖动呢！他怎么也不能像她那样节奏很快地抖动一只眼的眼皮，也不知道那是什么意思。他当然不悦："你干吗这么贱哪？"

她还装糊涂："怎么了？"

"你以为我没看见？"

她不在乎地笑笑："又吃醋了不是？你懂个屁呀！"

"我是不懂，永远不懂！"

她一下将他抱住："我就欢喜你吃醋！"

他将她拨拉开："算了算了，你拉倒吧！"

她锲而不舍地拥着他："还认了真呢！这些人哪个能得罪呀？不把这些人拢——团结住，咱干啥能干成呀？你以为钱挣得那么容易呀？那些木材是国家统配物资不准倒买倒卖呢！人家要睁一只眼闭一只眼就没事儿，认起真来就够咱呛呢！"

刘来顺的心就软了。他笨拙地学着她抖动眼皮的样子："就这么个睁一只眼闭一只眼呀？"

她嗔怒地打他一下："去你的！"

"可你是我的！"

"所以我不急着跟你结婚呀！"

"就为了这个?"

她嘻嘻地说:"小心眼儿的你,你的终归是你的,还能跑了? 还生气呢? 俺向你赔不是还不行?"说着就把腈纶羊毛衫和衬衣一起脱了。昏暗中她将羊毛衫和衬衣拽开的时候,就噼啪作响闪着火花,这是化学的东西。他不知怎么就想起了何永公以十五斤小米换来的那个棉大氅儿。那种细微的洞口噼啪作响的声音真是难听得要命,那火星也像鬼火一样,鬼鬼祟祟挺硌硬人。他一点情绪也没有了。她问他:"怎么了?"

"你穿的什么狗屁衣裳啊! 噼啪作响还冒火光,简直是死人穿的东西,什么好心情也让它弄坏了。"

她有点气恼地说:"没见你这样的,睡不着了怨床歪,不怨自己本事不济还怪这怪那哩,毛病不少!"

他气呼呼地说:"拉倒吧,反正咱是没本事。"

她又抚慰他:"谁说你没本事啦,还能每回都行啊?"

像这样的只图新鲜而又缺乏责任感的夫妻般的生活,很容易发生些不愉快,慢慢地就会产生小隔阂。而当她妥协一下,不穿那些又响又冒火光的东西的时候,他就又行了。这时他又觉得她根本不好好地顾惜他,像是人家的东西不用白不用似的,很铺张。他又跟她商量结婚的事情,她说:"不急着结婚是因为死鬼老杨的关系还可以用,人家还能格外高看咱一眼,结了婚,人家认识咱是干什么的呀?"

刘来顺说:"原来如此! 结了婚人家就不认识咱是干什么的了,不认识咱是干什么的了是因为跟我结了婚,那就趁早拉倒吧,你让人家认识你高看你去吧!"

她又软缠硬磨:"看看,又使小性儿了不是? 小男人什么都好,就是爱使小性儿不好。我这样做还不是为了咱好哇! 等咱成了响当当的人物不是咱求人家而是人家求咱的时候,再大鸣大放地当你的老婆不好吗?"

刘来顺就又软下来了。他猜想正常的长久的夫妻大概都是这样的吧。

这年的年景不错。秋后粮食丰收、苹果丰收,家家户户吃的问题基本解决,那些承包了果园的则连花钱的问题也解决了。刘玉华说:"关键是今年公粮和统购粮卖得少了。"

细算起来,生产队的人收入不如单干户们多,原因当然就在于那个大锅饭。韩富裕有点小后悔,说:"早知这样,还不如不进来哩!"摘帽富农王德仁也有点小动摇:"看样子政策不会变了,这个分田到户还行来。"

李玉芹又收购了大宗苹果,连同她承包的那些一块儿运到东北,又卖了个好价钱。春天她低价收购花椒赚了一家伙的事，刘来顺有一次无意中说漏了嘴给传出去了，加之他两个明铺暗盖婚又不结却形同夫妻，庄上的人就对他俩议论纷纷，说："这个女人，许进不许出，大伙儿对她那么好，她赚当庄人的钱还这么狠！"

"那片果园根本就不该包给个外来户，她走起路来仰着个脸，熊样儿！"

"这个刘来顺也不是什么好衙役，成她的面首了。"

李玉芹听见了一句半句的就一肚子委屈，说："一个个没良心的东西，那些花椒他们烧了火不疼得慌，你费力劳心地给他销出去了，他又嫌吃了亏。我承包果园是签了合同的呢，想欺负我个外来户呀？没门儿。"

李玉芹也买了个大彩电，她要跟那个姓曹的竞争一下，也要卖票来着，刘来顺坚决不同意，李玉芹听了他的。可后来即使不卖票也没有谁愿意去她家看了，刘来顺觉得很尴尬。

九

李玉芹问刘来顺："你有个大叔在省城当作家是不是？以前我怎么没见过他呢？"

刘来顺说："他从小就在外边儿上学，你上哪里见去？又不是亲叔。"

"不是亲叔也不要紧哪，他总该有点家乡观念吧？他要是给咱来上一篇儿，报纸电台的一宣传，那名气可就大了，以后要跟他加强联系，嗯！"

"他又不是记者光写好听的，你要犯了错误嘛，他说不定能给你来一篇儿。"

"那就更不能得罪呀，更要加强联系呀，我让你联系你去联系好了，就这么定了。"

刘来顺去省城他那位作家大叔家加强联系的时候，就发现了一样他非常熟悉的东西：带格子的家织布。沙发的靠背上扶手上全是，他大婶穿的旗袍儿和墙上挂着的小挎包也是那种家织布做的。在一圈儿很洋气的摆设中间显出一种朴素的美。他问他大叔："您还有这种东西呀？"

他大叔说："是你大婶娘家送来的，好看吗？"

"好看！"

"这就叫织锦，也叫鲁锦。实际咱们沂蒙山织的这个才最正宗啊，我看见这些东西就会想起沂蒙山，它在时时提醒我是沂蒙山人，可惜现在失传了。"

刘来顺的眼睛一亮:"我就会织呀!"

他大婶就说:"你织啊!现在这些东西又开始时兴了。"

刘来顺说:"会不会过段时间又过时了?"

他大叔说:"民族的东西永远不会过时,偶尔过时一下也是暂时的,过段时间还会时兴,顶多形式上变变罢了,东西还是那些东西。"

他大婶说:"你们织了,我帮你们联系推销,你看这个!"她指指墙上挂的一幅孔子画像,"就是在一般的自家织布上印的,还出口呢!"

刘来顺就激动得要命,当即表示回去马上办个织锦厂。

他大叔就说:"好啊,这个想法好的、好的,我全力支持!"

回家的路上,刘来顺就把建织锦厂的细节想好了。他还决定此事暂不告诉李玉芹,先悄悄地准备着,待一切就绪之后再跟她摊牌。她若同意,就让她突然高兴一下,她若不同意,就跟她拉倒。作为一个男子汉,你不能一点后手也不留,把底全交给这个女人,仅仅做她的助手……哎,庄上的人怎么说我是面手(首)呢?是助手吧?老百姓没文化,净说错别字。

可一回到家,他就听他娘说,韩富裕、刘玉华和另外三个单干户让公安局给提溜走了。他问娘:"为了什么?"他娘说:"你去问问李大经理就知道了。"

他去小卖部找李玉芹,就见李玉芹正在陪几位戴大盖帽的人喝酒,歌颂当前改革的大好形势,感谢有关部门的大力支持,那些人就说她是"女强人,企业家"。她一只眼的眼皮就又节奏很快地抖动起来,作和蔼可亲状。刘来顺在黑影里瞅了半天没惊动她,待那帮人走了才露面。她见了他就趔趄着站起来要跟他干杯,说:"怪恁来,庆祝庆祝!"

"庆祝什么?"

"嘿嘿,老娘我是女强人,企业家!"

她醉了。他把她扶到床上,她就哇哇地吐了,吐完了就哭,哭够了又笑,把刘来顺折腾得不轻。他没敢离开,他要待候着她继续吐或喝水什么的。她睡了一小觉醒来,见他趴在床沿上睡着了,就把他的脑袋紧紧抱住了,她嘟嚷着:"小亲亲咱们结婚马上结婚!"

他一下醒了:"你不是说醉话吧?"

她幽幽地看着他:"不是不是不是啊!"

"韩富裕——"

"别说话!"她一下用她湿润的唇将他的嘴堵住了。这时候也确实不宜说别的话的。

完了，她说："跟你说的事儿你还没表态呢！"

"什么事儿？"

"结婚呀！"

"你先回答我的问题，韩富裕——"

"不嘛不嘛，你先回答我嘛！"

"我的态度你还不知道吗？"

"没变化？"

"除非你变了。"

"那好！"她就说起韩富裕他们为啥让公安局给提溜走了，"因为果园的事，你知道那些人议论栽的不如包的，包的不如卖的已经好长时间了，平心而论，当初承包额是偏低了些不假，可当时他们为什么不包？人家包了就害红眼病。韩富裕这个熊孩子借着喝醉了酒就领着一帮人去刨果树，一下刨倒了二十多棵，多疼人啊！那些人一边刨还一边骂呢，'地是我们开，树是我们栽，为何让个外来户子破鞋发大财？'骂得还怪顺口哩！这不纯粹破坏改革吗？也不看看老娘我是谁！老娘一个电话打过去，公安局就来人把他们抓走了。你没见公安同志一来吓得韩富裕那个熊样儿啊，公安同志问他姓什么，他哆嗦了半天还说不姓什么呢！"

"跟刘玉华有什么关系？"

"韩富裕梗着脖子去刨树，就是他在旁边儿激起来的，一块儿喝个熊地瓜干子酒还胡啰啰儿呢！说是'苹果树大家栽，一人发财不应该。虽说承包有合同，不合理的应该改。公家嫂子实可爱，近年变得有点坏。作风问题还在其次，关键是钻进钱眼儿里出不来'。韩富裕一听，就说'给她刨了个屎的！'他说'你不敢'。韩富裕一听，就说'你看我敢不敢！'说完真格的就刨去了。"

"就为了这个？"

"嗯，情况就这么个情况！"

刘来顺就不吭声了。这时候他就发现躺在身边的这个女人安静的时候是漂亮的，可发起狠来就不怎么好看了，也不显年轻了。她感觉出他的冷淡，又以女人的方式感化他："把刘玉华提溜走你疼得慌了？他也怪流氓呢，还管我这里叫'全世界最温暖的地方'！"

他忽地坐起来："你温暖个屁呀！"

她也恼了："你干吗跟我这么说话？人家欺负我你也欺负我？我

哪点对不起你了?"

他说:"你没对不起我,只有钓鱼台对不起你,而你没对不起钓鱼台!"说完,走了。

第二天,刘来顺以自己不适合做买卖为由从那个小卖部里退出来了,结婚的事自然也就告吹了。李玉芹冷笑了一下,算了。

三天之后,刘玉华跟参与刨树的那三个单干户回来了。四个人还挺乐观,一路有说有笑,有人问刘玉华:"以脚踢其腿让你站好否?"

他笑笑:"哪能呢!"

韩富裕就留在那里了,拘留十五天,罚款四百元。刘玉华安排生产队的人轮流给他送饭,罚款则由刘来顺主动给垫上了。

刘来顺又进到生产队了。他跟刘玉华商量办织锦厂的事,刘玉华很高兴,说:"我早就想搞点企业,就是想不起上什么项目来,这下可太好了。"

钓鱼台第一个队办企业织锦厂很快就建起来了,生产队的所有闲散劳力都有了活干,刘来顺的那台织布机也安了起来。刘玉华说:"怎么样?植物性质的棉布又吃香了吧?"

后来,一位当过电影演员也当过作家的很有名气的人拍电视系列片《中国一绝》,生产队的织锦厂就上了电视,作为《中国一绝》的一集,叫《沂蒙织锦》。刘来顺的那位作家大叔就答应给他来一篇,叫《最后一个生产队》。

这年,那三个参与刨果树的单干户也进到生产队了,与此同时摘帽富农王德仁和另外两户则退出了生产队。

现在这个生产队仍然存在着,不少人还是单干的时候想集体,集体的时候想单干,这么出来进去进去出来地循环着,怪有意思的。

第三章　温暖的冬天

一

　　一九五五年冬天，钓鱼台胜利农业社因为试验和推广胜利百号大地瓜有功，上级奖给该社双轮双铧犁一副，无线电一台。消息是正在省城开劳模会的社长刘玉贞打电话给县上，而后又由县上派人送信儿到钓鱼台的。书记刘曰庆得知后问送信儿的那人："双轮双铧犁是一种先进性的犁定了，可无线电是什么东西？"

　　送信儿的人说："估计是发报机，有了那玩意儿可是太好了，往后有个什么事儿，你这里一按电钮儿县上就知道了，不用跑腿儿了。甭说县上省里能知道，毛主席也能知道！"

　　刘曰庆说："毛主席也能知道？那可是更有先进性儿了！可那电钮儿随便就能按？有文化没文化都能按？"

　　"所以玉贞社长打电话回来让你们立马派人去省城学习呀！她的意思是等派去的人学会了，她那里会也开完了，然后再一块儿回来！"

　　"那得好好研究研究，这可不是闹着玩儿的，毛主席都能知道。"

　　当晚，刘曰庆召开支委和社委联席会，研究去省城学习无线电的人选问题。有人问："一按电钮毛主席真能知道？"

　　刘曰庆说："县上传下来的话那还有假？"

　　"恐怕够呛！全中国这么大，无线电也不光咱有，你也按我也按，毛主席整天甭干别的了！"

　　刘曰庆说："不是每个农业社都有，光先进社有！"

　　"那也少不了，全国千儿八百的下不来！"

　　刘曰庆说："那就看咱的觉悟了，咱们是先进农业社，上级信得过才奖给咱，我的意见是无线电到了之后，派个基干民兵警卫起来，别让大人孩子的都去按，给毛主席添麻烦！"

"这个办法行！"

"学那个没危险吧？"

刘曰庆说："技术性的东西能有什么危险！"

"就不知什么样儿，一个人扛不扛得动？"

有人说："要不把韩富裕叫来问问，那家伙当过国民党兵，说不定能知道！"

刘曰庆就打发人把韩富裕叫来了。韩富裕个子很高，牙很大，虽然当过国民党兵但没半点自卑感，他来到就倚到门框上说："叫我干啥？"

刘曰庆说："你在国民党那边儿当的什么兵？"

韩富裕说："哪壶不开单提哪一把，咱抗美援朝立过三等功两次你不提，单提那个！"

"问你个正事儿，你就说在那边儿当的什么兵吧。"

"骑兵呗，当然是骑兵了，去年村里演节目还借过我的马裤不是？日本鬼子穿的那种？操，也不好好爱惜，演个熊节目动不动就往地上趴，膝盖那地方都快磨烂了，今年要是再借，我可是不啰啰了！"

"没摆弄过无线电？"

"无线电？噢，你是说报话机吧？那玩意儿谁不会摆弄啊，是个人就会，要是坏了修就麻烦，好家伙，有一回……"

"一按电钮儿毛主席能知道？"

"扯淡呀！那玩意儿是喊话用的，隔个三里五里的嘛差不多，远了就白搭！毛主席隔咱多远哪！"

"一按电钮毛主席能知道的是哪种无线电？"

韩富裕龇着牙想了半天说是："发报机嘛差不多！"

刘曰庆说："对呀！人家就是说的发报机呀！我想着是什么报机，到了嘴边儿上就忘了，你摆弄过？"

韩富裕说："没摆弄过，那玩意儿一般人摆弄不了，得专门训练！"

"一按电钮儿毛主席就知道了？"

"那当然！毛主席指挥抗美援朝就靠它呢！要不，朝鲜隔咱那么远，毛主席又没去，他怎么指挥呀？好家伙，有一回……"

刘曰庆说："那就是它了！一个人扛得动吧？"

韩富裕说："差不多，怎么？咱社里要买那玩意儿呀？"

"这你就甭管了，先党内后党外，先干部后群众，以后你就知道了。"

韩富裕嘟囔着："这可是军事物资，没有国防部批准白搭！"就悻悻地离去了。

有人建议："干脆让这家伙去学算了，他还熟悉点儿！"

刘曰庆就说："摆弄这东西，还得讲究个觉悟性儿，这家伙整天骄傲自满胡吹海榜，你又不能天天盯着他，他要上来那股自满劲儿，按起电钮儿来瞎啰啰儿，给农业社造成什么影响？"

有人又建议让刘子厚去。说这个小青年是烈士的弟弟怪可靠，上过识字班认得不少字，还会打算盘什么的怪灵活，学那个肯定错不了，大伙儿都说行，就定了刘子厚。

刘子厚去了三天之后，刘曰庆吃了饭就到钓鱼台村北头的路口上溜达去了。村北头是一块小平原，一条公路从中间穿过。一边是各家的自留地，一边是农业社的试验田。这时候，试验田的麦苗儿早就出齐了，绿油油的很茂盛，各家的白菜还没拔，一棵棵的很胖大，路边柳树的叶子还没落光，仍然绿着；一辆运货的汽车从他身旁驶过，味儿也很好闻，他觉得这田野还真像那个农业局技术员肖慧娟说的似的"很可爱"。

她人也长得很可爱，眼睛那么大，肌肤那么白，身条儿那么匀称，她在试验田里干活的时候，出工的就特别多，劲头儿也格外大。你不知道这个小人儿有多能啊，她把原先那种煮熟了吃起来有丝儿的地瓜整个地换了一个品种，产量一下翻那么多，还又甜又面，她若在这里，就知道什么是无线电了，好家伙，一按电钮儿毛主席也能知道……

韩富裕龇着牙挑着两罐儿尿从庄里出来了。他的牙真大，像咬着两截儿粉笔头儿样的，上边儿还沾着唾沫泡儿呢，亮光闪闪。他走近刘曰庆说："查路条儿样地东张西望，又有新情况？"

刘曰庆说："哪有什么新情况！"

"刘子厚人都走了还保密呢！不是等无线电啊？你也太性急了，这得有个过、过程！"

"净胡啰啰，等什么无线电？"

韩富裕把那两罐儿尿放到刘曰庆跟前，掏出烟袋跟他对着火儿，说是："天怪暖和是吧？"

刘曰庆看一眼正冒着气泡儿的那两罐儿尿说："嗯，怪暖和！"

"这么暖和,麦苗儿疯长跟灌了浆样的,可不是好现象!"

"可不?"

"一下雪就冻死了!"

刘曰庆生了气,说是:"你小子就不盼着农业社好!麦苗儿冻死了对你有什么好处?就跟你不是农业社社员样的,什么觉悟!还立三等功两次呢!"

韩富裕嘿嘿着说:"哪能呢,我顺口一说就是了,哪有那个意思!还是入社好,入了社就甭操那么多心了,旱了涝了也甭愁得睡不着觉,光闷着头干活就行了,农业社千好万好,不用操心最好!"

"都跟你样的,还有个什么集体主义?"

"你想操心也没法儿操呀,你一个先党内后党外先干部后群众就把人家的积极性给打击没了。"

刘曰庆说:"那么一句话就把你的积极性打击没了?你也太小孩子心眼儿了。年纪也不小了,你玉贞大姑正打听着给你介绍对象呢,想等有眉目的时候再跟你说。集体嘛,实际上就是个大家庭,无非人口多点儿就是了,人人都得操心才行啊!还得互相担待一点儿,讲究个团结性儿。家庭里面还能没个筷子碰着碗的时候?别动不动就骄傲自满耍小孩子脾气,以后注意,啊?"

韩富裕就有点小感动,他想不到农业社还帮他解决个人问题,而自己竟然还蒙在鼓里,农业社确实是个大家庭啊!他脸红红的半天没吭声,挑起那两罐儿尿就倒到农业社的麦田里了。他原本打算往自己家的自留地倒的。

刘曰庆见了,心里一热,说是:"这还有点觉悟性儿!"

二

刘曰庆天天到钓鱼台村外路口上转悠,一个神话般的传说就在钓鱼台村内"游动"。在那几天里,全村人像疯魔了一样坐立不安牵肠挂肚。先是韩富裕也到那里转去了,慢慢地越转人越多,后来就倾集出动。要命的是有公路打钓鱼台过不假,但只通货车不通客车。你不知道玉贞社长和刘子厚是坐车来还是步行来,也不知道什么时候来。大人小孩儿都在根据自己的想象议论—按电钮儿毛主席就知道的问题,分析刘子厚第一次出远门可能会遇到的麻烦。两口子晚上睡觉也嘀咕："你以后别再随便骂人了!"

"怎么了?"

"你一骂人,那电钮正好开着,毛主席就知道了。"

"咱不会离那东西远点儿?"

"无线的东西再远也能听见,说不定还有一按电钮就能看见的东西呢,你只是不知道而已。你干什么坏事儿,说什么落后话,毛主席统统能知道。"

"那是得注意。"

人们一等不来,二等不来,等急了就数落起刘子厚的缺点来了:"操,全社那么多好社员,怎么单挑这么个东西去呢?"

"可不?在家里看着怪聪明,可一出去就白搭×了。"

"字是识几个,可办事儿太黏糊啊。"

"他对王秀云还有点小意思呢,人家理他呀?简直是想好事儿。"

"去年演节目的时候,演个《小借年》还撇腔呢!"

韩富裕在旁边儿听见就说:"哎,要注意团结,别骄傲自满。"

"嘿,公家人儿样的,还有一定的觉悟性儿呢!你是哪个部门的负责同志?"

"负责同志!好大一个负责同志!这个负责同志真大!"

一阵哈哈大笑。

人们等也等烦了,骂也骂够了,玉贞社长和刘子厚就回来了。本来可以早回来几天的,但省里的会散了之后,县上要玉贞社长传达会议精神,刘子厚在那里等着她,就耽误了几天。他们是坐县城所在地农业社的马车回来的,双轮双铧犁那东西不好运,非得用马车不可。一同坐马车来的还有一男一女两位工作同志。男的是来写过典型材料的县委办公室秘书杨玉杉,女的就是那个帮助试验和推广胜利百号大地瓜的农业局技术员肖慧娟,钓鱼台人都认识。马车一进村,韩富裕就跑过去问玉贞:"打钟吧大姑?"

玉贞愣了一下:"打钟干吗?"

"无线电来了,不开个会仪式仪式呀?"

刘曰庆说:"打吧,这些天一个个心急火燎跟着魔了样的,都眼巴巴地盼着。立马开个社员大会,让大伙儿高兴高兴!"

韩富裕敲完了钟就张罗着卸车,他要从刘子厚手上接无线电来着,刘子厚不给他。那个无线电用红包袱皮儿包着,刘子厚神情庄重地端着。他从马车上下来往社委会走的时候，围观的人群唰地就让开了一条路，两道人墙，一片肃穆。那情景给刘玉贞那个若干年后当了作家的弟弟留下了深深的记忆，如今想起来还感慨不已。韩富裕后来提到这事儿的时候就说："刘子厚那个熊样儿啊，跟端着个骨灰盒儿样的，太骄傲自满了。"

接着就在社委会的院子里开起了社员大会。不知谁先安好了一张办公桌，那个用红包袱皮儿包着的无线电就放到了那上边儿。刘曰庆让玉贞先简单地说两句，玉贞神情疲惫地说："让子厚给大伙儿看看无线电吧，别的以后再说。"

刘子厚跟变戏法儿样的把那个包袱皮儿给打开了，人们"啊"的一声过后就开始评价："这东西原来不大呀！"

"也不沉，一个小孩儿就能拿动了。"

"人有多能啊你看看！"

刘子厚果然就撇起了腔："社员同志们，这叫收音机，啊，是用直流电的电子管收音机！"

下边儿就"收音机""直流电""电子管"的议论纷纷。

刘子厚说："这台收音机是省里奖给劳动模范刘玉贞同志的，社长决定把它献给咱农业社了，这种思想大伙儿说大公不大公？"

"大公！"

"无私不无私？"

"无私！"

"双轮双铧犁才是奖给农业社的，怎么使用，以后请肖同志示、示范。"

有人就迫不及待地说是："你别啰啰那个双轮双铧犁了，你快说说这个收、收音机，电钮儿在什么地方！"

刘子厚说："前边儿这三个就是，叫旋钮儿。"

人们又"旋钮儿""旋钮儿"的一阵嘀咕。

刘曰庆说："趁大伙儿都在这里，你就旋一下呗！"

韩富裕就义务维持秩序："别说话了，都别说了，让子厚好好旋！"

有人就响应："对，不说话对，别吵着毛主席。"

"那是，你一说话声音就收进去了，你也说他也说，让毛主席听谁的？"

韩富裕说："你看你，别说话别说话嘛你还说。"

有人气鼓鼓地嘟囔着："显能呢，数着他能，你算干什么的呀！"

刘子厚拧了一下旋钮儿，那东西的某个地方亮了一下。他很沉着地说："有个预热过程，啊！"他这里刚说完，人群中忽地窜出个人，对着收音机就放声大哭，一边哭一边说："毛主席呀，我是刘乃厚呀！我十四岁就当村长啊，什么好事儿也没捞着，形势一好就把我撸了哇，刘曰庆不识字都当书记啊！刘玉贞当社长家长作风了不得，那个严重啊，您得替我做主啊，得好好整治整治他们啊！"

人们一下子全愣了。韩富裕揪着他的脖领子刚要把他提溜起来，收音机里说话了，声音不小："这是个普遍的严重的问题，各级党委和派到农村指导合作化工作的同志们，对于这个问题都应当引起充分的注意。""办大型社和高级社最为有利这一点，海南岛红旗合作社的经验也是证明。这个大型合作社还只有一年的历史，它就准备转变为高级社。当然，这不是说，一切合作社都要照这样做，它们仍然要看自己的条件是否成熟，做出自己究竟在何时实行并社升级为宜的决定。但是一般说来，有三年时间也就差不多了。重要的是做出榜样给农民看。当农民看见办大型社和高级社比办小型社和低级社反为有利的时候，他们就会要求并社和升级了。"

这真是个神奇的东西！这真是个伟大的奇迹！人们一个个惊奇得像在梦中，谁都想不到刘乃厚这个东西刚反映点问题立即就有了答复，像毛主席就坐在你的对面。待刘子厚将收音机关死的时候，有人就问他："这是毛主席的话？"

刘子厚说："是毛主席的话不假！"

"刘乃厚这个熊孩子刚才说的那些毛主席都听见了？"

刘子厚说："这是哪跟哪呀，刚才是电台播音员念的毛主席的文章！"

刘乃厚脖子梗着"哼"了一声："甭打马虎眼，小心点儿，这是一个普遍的严重的问题，都应当引起充分的注意呢，跟我来这一套！"

刘子厚说："你拉倒吧，这是收音机，不是报话机，还得意忘了形呢，毛主席有闲工夫听你瞎啰啰呀？"

那两个工作同志咯咯地就笑弯了腰。

但不少人还神情恍惚，半信半疑。刘子厚就反复强调这东西只收不发，有时候里边儿念文章，有时候就唱歌演戏。他说着又调了一下旋钮儿，里边儿果然就唱起了歌。人们一下又惊奇了："哎，刚才是个男的，怎么一下又换了个女的？"

"男的管念，女的管唱啊？"

刘子厚又解释半天，但解释得不怎么清楚，不怎么理直气壮。

有人又问："看了半天，三个旋钮儿你只动了两个，旁边儿那个是干什么的？"

刘子厚说："这个旋钮儿可不能随便乱动，要动得经过县委批准。"

刘乃厚又"哼"了一声，气鼓鼓地说："甭打马虎眼，继续欺骗群众，小心点儿！"说完，悻悻地走了。

三

那两个工作同志此次来钓鱼台是搞并社升级试点的。刘玉贞回来的当晚就开起了支委和社委联席会，研究由初级社转为高级社的问题。刘曰庆让玉贞先简单地说两句，玉贞说："还是先让杨秘书传达文件吧！"刘曰庆心里就有点纳闷：这孩子一向最爱说话的，去了一趟省城回来怎么不爱说了？是累了，还是当了劳模骄傲自满了？也许是因为刘乃厚那个私孩子说她家长作风了不得那个严重？那是个什么人又不是不知道的，还值得放到心上啊？

杨秘书就开始传达文件。他说精神就那么个精神，跟下午收音机里说的差不多。杨秘书是胶东人，人很秀气，嘴有点大，舌头也不小，文件传达得不怎么好懂。刘曰庆说："还是收音机里念得清楚，也好懂，要不再听听？"

杨秘书说："收音机里还能老念那个呀，内容早换了。"

刘曰庆说："那东西还能换内容？念一遍就没了？要是咱正好没听见那不白念了？"

杨秘书说："有时候会重播的。"

刘曰庆说："就不知什么时候重播？"

杨秘书说："一般都是晚上八点半！"

"现在几点了？"

"快八点了！"

"那就再等等！"

玉贞说："等不等的呗，等到八点半也不一定播那个，要是哪个地方没听明白，就让杨秘书再念念。"

刘曰庆说："明白是基本明白了，三年不是？咱们胜利农业社就正好成立三年了，就不知海南岛是怎么回事儿？"

肖慧娟说："海南岛是个地方，在中国的最南边儿，比咱们沂蒙山还晚解放好多年呢！"

刘曰庆说："那还啰啰啥？人家是晚解放区，咱们是老解放区，人家只有一年的历史，咱们是三年，那还不赶快并？你就说县上叫咱哪天并吧！"

杨秘书说："还是要看咱们社的条件是否成熟，而后再做出在何时实行并社升级为宜的决定。"

刘曰庆说："我看现在就怪为宜，老解放区又正好三年，那还不为宜？"

玉贞说："关键是怎么并，跟谁并，以谁为主！"

刘曰庆说："当然是跟西鱼台并，以咱为主了，咱们是先进农业社还能不以咱为主？"

玉贞说："我也觉得这样并比较合适，可话不能由咱说。"

刘曰庆说："那当然！这个话由上级说比较好。"

杨秘书说："县里反复强调必须取得群众同意，看两个社的群众自己有没有这个要求。"

刘曰庆说："我这里是没问题，群众一发动就会有要求，我说了就算。两个社凑成堆儿多热闹，群众还能不要求？"

杨秘书说："那明天我跟小肖去西鱼台征求一下意见，摸摸情况！"

刘曰庆说："行，越快越好，别保守了。"

杨秘书的脸就红了一下。

刘曰庆让玉贞说说省劳模会的精神。玉贞说："会议除了介绍经验，主要也是讨论并社升级的问题，另外就是参了参观，大官儿见了不少，省长书记的都见着了。"

刘曰庆说："那个收音机是奖给你的，你送给了社里，说明你的觉悟高。可作为支部不能白要你的，我的意见是作作价，算你家投到农业社的固定资产参加分红怎么样？大伙儿说说！"

大伙儿都说行，可刘玉贞坚决不同意。她说："可别糟践我了，这个劳模我根本不配当，是曰庆大叔让给我的，试验和推广胜利百号大地瓜也全是慧娟干的，要是一定让我参加分红，还不如扇我两巴掌！"

刘曰庆说："你要实在不愿意参加分红那就算了，谁让咱是党员哩！"

刘玉贞把从省城买回来的茶叶、香烟、糖块儿、搓脸油什么的给大伙儿分了分，而后就拽着慧娟回家了。

刘曰庆就嘟囔："这孩子开了会回来话不多，不知咋回事儿。"

杨秘书说："她是对我有看法，嫌我材料木（没）写好，在县里把我一顿好雪（说）！"

刘曰庆说："当劳模主要凭事迹，材料孬好无所谓！"

这时候，韩富裕在门口探头探脑，院子里也熙熙攘攘地坐满了人。刘曰庆就打发韩富裕去叫刘子厚，说："再听听那玩意儿，听听重、重播没有，念一遍不等记住的就没了，太可惜了。"

韩富裕说："早把他找来了，找了半天才找着！"

刘曰庆说："那你们不先听着，还等啥？"

"子厚说得经过你们书记社长点头儿呢！"

"那是得我俩点头儿，别乱了套！"

"这回我可知道旁边儿那个旋钮儿为什么要经过县委批准才能开了。"

"为什么？"

韩富裕趴到刘曰庆耳朵上说："一开就听到台湾的广播了！"

刘曰庆吃了一惊："是吗？那得严格管理，怪不得只奖给劳动模范呢，还得讲个觉悟性儿啊，要是奖给个坏家伙，那就麻烦了，哎，你是怎么知道的？"

韩富裕神秘地说："这你就甭管了。"

四

韩富裕不是钓鱼台人。当初他来钓鱼台是给地主刘敬放羊来着，日本鬼子炸三岔店的时候，他正好在三岔店附近圈羊卧地，给他炸死了几只羊，他害了怕，跑到吴化文的队伍里去了。吴化文起义，他也随着当了解放军，而后去抗美援朝。抗美援朝回来就在钓鱼台落了户。

许是他小时候在山上放羊寂寞怕了，加之他一个人过日子太冷清，他特别喜欢串门儿。他串门儿还不看火候，不管人家有事没事心情如何，去就靠到人家的门框上龇着牙竖插在那里，也不打招呼，脸上带着"我站在这里就行"的神情。屋子里的人要是说话，他就插两句言；屋子里的人要是忙着，他碍着别人事的时候就暂时挪挪，而后再站回去。他这样堵在你的门口竖插着，不用几分钟就把你全家人堵得烦烦的，有再好的修养也不行。他还不自觉，你若说他两句，说轻了他"嘿嘿"，说重了他跟你胡搅蛮缠。

刘玉贞特别讨厌他这一手。玉贞家除了研究工作，平时去串门儿的大都是村里的大姑娘小媳妇，韩富裕没眼色也去串，去就靠在门框上龇着牙站在那里。刘玉贞的妹妹刘玉洁说话特别刻薄，她说："坐下呗，站客难打发！"他说："甭价，站在这里就行！"屋里的女人都不说话了，他看看这个看看那个还在那里干站着。刘玉洁说："堵着个门口门神样的听消息呀？你这一手是给地主家放羊跟狗腿子学来的吧？"

他说："说话不注意团结，以后找不着婆家！"

刘玉洁说："找不着婆家姑奶奶也不找你！"说着抄起把笤帚就要扫地，他这才讪讪地走了。

有一年冬天，刘玉贞的弟弟生疹子。刘玉贞抱着弟弟在炕头上跟来玩儿的人说话，韩富裕又去了。那天很冷，风挺大，还飘雪花。他倚着个门框迎风户半开，冷风夹着雪花直往屋里灌，而生疹子是最怕冷风吹的，刘玉贞火了，说是："你进来就进来出去就出去，你不进不出的倚着个门口算干什么的？"

韩富裕就说："你这是什么态度，当了社长可不能学地主阶级，自己坐着热炕头让贫雇农路有冻死骨，要注意安全，防火防盗三反五反！"

刘玉洁抄起一根烧火棍就把他追出去了。

他一边跑还一边咋呼呢："了不得呀，社长的妹妹还打人呀！"

可那年春节，他竟然去给刘玉贞磕了头。他个子很高，腿很长，去就扑通一声跪下了，"过年好哇，大姑——"连磕三个，让你哭笑不得，你也不知道他这些年的兵是怎么当的，他叫她大姑是怎么论的。

韩富裕抗美援朝唯一的收获是学会了做炒面。他复员回来的时候，除了行李之外，就扛了一洋面袋子炒面。他把那些炒面一包一包的包好，而后就挨家送，说是"没啥好东西，给小孩子尝尝，别笑话！"让人觉得他也是不容易。

韩富裕的生活很简单：顿顿吃炒面。

这天晚饭，他用热水冲了一碗炒面，呼啦呼啦地吃上就出来了。他到刘子厚家去了两趟，第一趟去的时候，刘子厚他娘正在做饭；第二趟去时刘子厚出来了，韩富裕还知道到什么地方找。那时候，天色已经暗下来了，村外公路两旁的树林里黑黢黢的。他看见前面路边儿上有个人站着，那就是刘子厚了，树林里还有一个肯定无疑，只是看不见。他悄悄地躲到一棵树后。那个在路边儿站着的刘子厚不知怎么说话有点结巴，他说："好、好家伙，省城真大，泉眼真多，那泉水一冒一米多高，还冒热气儿呢，还看了一场电影，叫《哈森与加米拉》，跟外国人名差不多，其实是少数民族，是搞自由恋、恋爱的，好家伙！"

树林里那人一言不发。韩富裕就感觉出那人的反应很冷淡。

"告诉你吧，收音机旁边儿的那个旋钮儿为什么要经过县委批准才能开了吧，那个旋钮儿跟敌台连着呢，一打开就听到台湾的广播了。"

树林里的那人这才惊讶地问了一声："是吗？"果然是团支部书记王秀云。

韩富裕冷笑了一下，心里话：这回可是有资本了，让这个东西挖着了。

刘子厚说："你可别跟旁人说呀，说出去了不得了呀，玉贞大姐都不知道呢！"

"了不得你干吗跟我说？"

"我是相、相信你，我买了个笔记本儿，送给你吧。"

"俺不要。"

"拿着吧，你看你！"

"不要嘛！"

韩富裕就没沉住气，咳嗽了一声，说是："人家不要就算了，硬给人家干什么？"

王秀云扭头跑了。

刘子厚说："是，是你呀？"

韩富裕说："不是我是谁？大伙儿都在社委会院子里等着，你倒好，跑到这里来了，抓得还怪紧哩！"

刘子厚就有点不耐烦："那东西可不能谁想开就开，得书记社长批准！"

韩富裕说："群众要求还能不批准！"

那天晚上，刘玉贞那个上小学一年级的弟弟也去听了，人们冻得打着哆嗦跺着脚也还听，直到深夜，人们才陆续散去。

五

刘乃厚对着收音机向毛主席告状说他十四岁就当村长是不假的。在整个抗日战争和解放战争期间，钓鱼台的男人们当兵的当兵，支前的支前，南下的南下，钓鱼台成了女人的天下，就数个子还没有村里那根秤杆子高的刘乃厚还算是个大男人。女人们要弄他让他当维持会长，他就认了真当起来了。他当村长期间有两件事很让他引以为荣。一是他曾偷过日本鬼子的罐头却误认为是炸弹而投到村中井内，害得村民到村外挑水吃达三年之久，后又大言不惭说是"机智灵活破坏鬼子的后勤供应"；二是他曾参与杀死了一个来钓鱼台想好事儿的汉奸，只不过他当时表现不佳，吓得尿了裤子。刘玉贞当时提溜着他的脖领子吓唬他不让他说出去来着，他就耿耿于怀忘不了了，由此你就想到他为何向毛主席告状说刘玉贞家长作风了不得那个严重。

日本鬼子投降，沂蒙山解放，刘乃厚的村长被撤了职，由青救会长刘玉贞担任。不仅是村长了，连党支部及所有青妇群团的干部全让女人们当了，她们在村里办识字班、搞支前、成立纺织推进社、变工组搞生产自救，整得很红火。待战争结束钓鱼台的男人们该回来的陆续都回来了的时候，就发现钓鱼台的上层建筑发生了许多微妙的变化。家家都挂着小黑板儿，上边儿用粉笔写着很复杂的字。有的写"欢迎孩子他爹胜利归来"，有的写"打倒封建主义，反对包办婚姻"，吴慈茵家的小黑板儿上则写着"谦虚使人进步，骄傲使人落后"。有几个先前定了娃娃亲的男人出了夫役回来之后女方不干了，他们不高兴，找着刘玉贞说是："我们可是给八路军出的工，挖战壕扛子弹抬担架，具有军事性质，那就是军婚。她们说散就散了，民主政府不能不管！"那些姑娘们说："娃娃亲纯粹是父母包办的，具有封建主义性质，大字不识一个还军婚哩，拉倒吧！我们做军鞋搞支前不也具有军事性质？"刘玉贞就又单独给男人们办了速成识字班，几个月下来，待他们知道自己的名字怎么写了，小九九会打了，认识先前女人们写在小黑板儿上的字了，那些原来要跟娃娃亲的对象散了的姑娘，多数又跟各自的对象和好了。个别没和好的，刘玉贞也没办法。这时候刘玉贞跟女干部们商量，把领导权全让给男人们。可别人都让了，刘玉贞没能让出去。书记刘曰庆说："那都是些娘们儿家，让了就让了，你一个党员让什么？不支持你大叔的工作啊？"刘曰庆是刘玉贞的入党介绍人，曾在好几个战场上当过担架队长，是有名的支前模范，他的话她是绝对听。一九五三年村里成立初级社的时候，就又把刘玉贞选成了社长。

刘玉贞这个社长当得很难。她家庭负担太重。还在她当村长的时候，她爹在淮海战役支前的时候牺牲了，她娘也因病去世了，弟弟妹妹都还小，里里外外都要她照顾。她又要强，男人们推独轮车送粪，她也推，男人们推多少她推多少。那独轮车的轮子是木头的，很笨重，推起来吱吱嘎嘎的很响，最多的时候她能推六百斤。每次回到家腰都直不起来，第二天还是精神抖擞。刘玉贞那个后来当了作家的弟弟在他整个少年时期对她印象最深的话就是："我累呀，怎么这么累呢！要是那个车轱辘换成胶皮的就好了。"待她弟弟参了军提了干第一次探家的时候，就给她捎了个独轮车的胶皮轮子，尽管她那时已经不能推了。

刘玉贞的妹妹刘玉洁在稍大点儿之后，很顾家，很会过日子，她像这个家真正的主人似的，很抠儿。有一次，刘玉贞卖了鸡蛋订了份《中国青年报》，刘玉洁就跟她吵，说她："公家人儿样的，酸得不轻！反正你对这个家是没打长谱呀，怎么往外划拉你怎么干！"刘玉贞气坏了，打了她一巴掌，她就哭起来没完，最后把玉贞也逼哭了她才罢休。

之后，玉贞曾几次辞职，刘曰庆都说："一个党员怎么能动不动就辞职呢，你家有困难，谁家没困难？没有困难还要咱党员干什么？"

刘玉贞真是有苦难言，谁都知道她是村长、社长，可谁都忽略了她早已是全社年龄最大的姑娘这个基本的事实。

那天，刘玉贞从省里开完劳模会回来，一进家，刘玉洁就脸不是脸鼻子不是鼻子地说是："你还要这个家呀！"

肖慧娟在旁边儿打哈哈："看把这个小妮子厉害的，大姐当了劳模，不好好慰劳慰劳，还耍小脾气呢！"

玉洁嘴一撇，说声"迂磨人！"就强作笑脸地忙着做饭去了。

肖慧娟是农业专科学校毕业的，长得非常美，比村里最漂亮的王秀云还要耐看。她二位脸型身材相似，只是皮肤不相同，她比王秀云略白一些。她来钓鱼台试验和推广胜利百号大地瓜已经两年多了，一直在玉贞家吃住。因为年龄和性格的原因，她跟刘玉洁很合得来。刘玉洁爱笑话人，她也随着说。刘玉洁说："王秀云这个妮子整天装样儿，跟有多少文化似的。"她就说："嗯，王秀云是有点虚荣不假。"刘玉洁喜欢听京戏，她也陪着去听。这地方有"宁愿三年不吃盐，也要看看李香兰"的说法。李香兰是沂水京剧团的一个角儿，东里店每年春秋两季山会都要请她来唱。刘玉洁拽着肖慧娟窜十五里路场场不落。有一回正看着戏不知为什么刘玉洁跟旁边儿一个男的吵起来了，她也在旁边儿帮腔。那人看着肖慧娟一身工作同志打扮，且气质不凡，有点胆怯，肖慧娟就质问那人是哪个单位的叫什么名字村长是谁，而后让他回去明天带着饭到派出所来报到，就把那人吓得屁滚尿流灰溜溜地窜了。刘玉洁特别喜欢她这一手，说是："一块儿出去的姐妹就得互相维护！哎，你怎么让他明天去派出所报到呢？"

她说："一看就是个二流子，吓唬吓唬这个私孩子！"

"他要真去了呢？"

"去就去了呗，哎，你跟他吵是为啥？"

"那个东西不老实呢，故意往我身上蹭！"

"我估计就是这事儿，那还不该让他去派出所报到？"

刘玉洁就笑了："你怎么寻思的来，还让他带着饭！"

肖慧娟说："明天咱不来听了吧？"

"怕派出所找你的麻烦呀？"

"那倒不是，你别忘了我是有工作的人哪，再说那个李香兰唱得也就一般化，比我好不到哪里去！"她说着就唱起来了："苏三起了一身疥，浑身痒痒无人抓……"把个刘玉洁笑得岔了气儿，完了捶着胸脯说是："咱不听她的了，咱自己唱！"两个人晚上连说加唱，一疯就是半晚上。

肖慧娟还特别喜欢玉贞的弟弟小霄，每次回县城总要捎些小画书给他。小霄从小学一年级开始就知道世界上还有专门儿给小孩写书的人，也有给大人写书的人，那些人就叫作家。她将胜利百号大地瓜的栽培技术写成文章，发了在《农业知识》小杂志上，她说她还要写一些特别的东西，早晚挣出一辆国防牌自行车的稿费来。这让玉霄很崇拜，若干年后他就写了篇散文来怀念她，称她是他的启蒙老师。

这天晚上吃饭的时候，肖慧娟从提包里掏出一瓶柿子酒，说是："喝一壶儿，欢迎玉贞大姐载誉归来！"

喝了没两盅，玉贞的眼泪就吧嗒吧嗒地往下掉，肖慧娟说："大姐怎么了？不会喝就别喝！"

玉贞擦擦眼泪说是："呛的！我怎么不会喝？那年曹大姐在这里的时候，俺两个有一回喝了一斤多，喝！"说完连着喝了两三盅。慧娟和玉洁吓坏了，夺她的酒杯，她就嘿嘿地笑，笑够了又哭。正哭着，刘乃厚来了，他一进门儿就说是："大姑，我不对，你扇我吧！"

刘玉洁说："扇你娘个腔啊？"下午刘乃厚对着收音机向毛主席告状的时候，她在场。

刘乃厚说："我那不是对着大姑的，其实也不是对着刘曰庆书记的，就、就是想在毛主席跟前显显能，露露脸儿！我这个人您还不知道？有口无心少肝无肺没什么觉悟性儿。"说着，扇了自己两个嘴巴，扇完了，眼圈儿也红了："我真是白活了这么大，怎么活的来！把您气成这个样儿！我对不起您呀大姑！其实全庄我最崇拜的还是您，过去咱们一起搞工作，配合得那么好！"

刘玉贞也动了感情，说是："大侄子，你喝酒，我不是为着那事儿，为那事儿我不值得，你放心！"

刘乃厚吱一下喝一盅，呻巴着嘴说："正好好的，你哭个啥劲儿？"

玉贞说："唉，大姑老了。社会主义红火了，日子好过了，我也老了。"

六

并社升级进展比较顺利。不出刘曰庆之所料，杨秘书和肖慧娟到西鱼台一说，西鱼台就同意。他们说："上级叫咱干啥，咱就干啥，听上级的话没亏吃！"

"还是并起来好，人多热闹，名字也好听，高级社！奔社会就得越奔越高级才行啊！"

以胜利农业社为主的问题也没问题。西鱼台的书记说："人家社大，地瓜产量高，又是先进，以他们为主我们没意见。"

社长说："跟先进社合并，说不定咱还沾光哩！人家有双轮双铧犁无线电什么的不是？一按电钮儿毛主席都知道？"

他二位又给他们解释半天，讲收音机只收不发的性能。西鱼台就要求老大哥农业社发扬发扬风格，他们听着不新鲜的时候也到咱社放放，让大伙儿都听听，长长见识。他二位回来一转达，刘曰庆说："没问题，这能是啥问题！"立即就安排刘子厚："明天就给他们放去，态度热情点儿，给他们放好听的，昨晚上梅兰芳唱的那个就不错，叫什么醉酒来着？一个老头子还唱女声，怎么学的来！"

刘子厚说："这又不是留声机，想放啥就放啥！"

刘曰庆说："你不会多拧拧旋钮儿？这个台没有，那个台说不定就有！"

杨秘书要回去跟县委汇报，刘曰庆说："去吧，反正是越快越好，并社升级那天最好查个好日子，三、六、九哪天都为宜！"

双轮双铧犁的事情就有点麻烦。

那东西开始也让钓鱼台人兴奋了一阵子。韩富裕表现得格外热心，他估计这东西非他莫属。无线电让刘子厚人五人六地身价倍增，让他有了谈恋爱的资本，这个先进东西就不能再让哪个轻易负了责。他拍拍那个粗糙的涂着红漆的犁架说是："嗬，纯是铁家伙，其实很简单，一目了、了然！"

当人们把那个笨重的耕地的机器弄到试验田的时候，韩富裕指手画脚，跃跃欲试，他想摆弄。刘乃厚在旁边儿看出了他的意图，说是："无师自通啊！又没学过！"

韩富裕不悦："你怎么知道我没学过？"

刘乃厚说："你在哪里学的？跟着吴化文学的？"

韩富裕说："在东北呗！没吃过猪肉还没见过猪走啊？你再瞎啰啰我揍你个×养的！"

刘曰庆说："还是让肖技术员鼓捣！"

肖慧娟懂是懂，她也知道那上面的几个摇柄各自都是干什么用的，问题是没有什么东西能拉动它。人们套上一头健壮的牛试了试，就发现拉得动的时候犁铧不入土，犁铧入土的时候又拉不动。韩富裕又牵来一头牛拴上，它两个的步调根本不一致，它拽一下，它拉一下，肖慧娟坐在那上面有好几次几乎让它两个闪下来了，怪危险。

人们的热情渐渐有点冷却。

刘乃厚说："一山容不得二虎，一犋容不得二牛，这点定了。"

刘曰庆说："这东西不如收音机灵，这哪里是耕地呀！简直是活受罪！"

韩富裕说："非马不行！"他就向刘曰庆建议赶快买马，鲁西北骡马大集就有卖的，你不能让这么好的机器白扔在这里。"马那东西好啊，听话，有劲儿，还通人性呢！好家伙，有一回……"

刘曰庆蹲在地头儿上跟玉贞商量买马的事。玉贞说："那就买呗，社里还有钱不是？"

刘曰庆说："马上就并社升级了，我寻思等高级社成立以后再买呢！"

玉贞说："西鱼台那个社你还不知道？一贯分光吃光的主儿？除了种子就没多少提留，除了那几间办公室也没什么积累，咱也别指望让他们出血。再说高级社成立以后，恐怕还得以初级社为基本核算单位，买回马来也还是主要咱们社用，西鱼台几乎都是山地，有双轮双铧犁也用不开呀!"

刘曰庆说:"那就买!再配上个马车,送公粮卖余粮的气派!"

刘曰庆就把韩富裕叫来:"你真当过骑兵?"

"那还有假?"

"可别打马虎眼啊?"

"谁要跟你撒谎是私孩子!"

"认识好马坏马?"

"那还能不认识?"

"交给你个光荣任务,跟会计一块儿买马去!"

韩富裕龇着牙一个立正:"是,坚决完成任务!"

刘乃厚在附近听见,喊了一嗓子:"开步走!一二一、一二一!"

韩富裕果然就迈着正步开步走了。

人们哄地全乐了。

这时候,并社升级的事情早已传开了,有人就问肖慧娟:"高级社一成立,是不是就跟苏联的集体农庄差不离儿了?"

肖慧娟说:"如果实现了机械化就差不离儿了。"

刘乃厚说:"这么说共产主义也快了吧?"

肖慧娟说:"快了!集体化加电气化就等于共产主义嘛!"

"那就天天吃面包喝牛奶了吧?"

"对!"

刘乃厚就挺犯愁:"那还够呛哩,牛奶那玩意儿咱喝还不惯哩!"

肖慧娟说:"喝长了就惯了。"

孩子们在追逐嬉闹,大人们喜笑颜开,人人都兴奋异常,像春节提前到来了似的。

韩富裕一晚上没睡着觉,第二天一早就约着会计买马去了。

七

下了头场大雪,没刮风,天气照样很暖和。

雪一停,刘曰庆又到那个美丽的小平原上蹓着去了。麦苗儿还没完全被雪掩埋,露着绿头儿,树枝上的雪不时地掉下一团来,飞起一片白雾,空气也很湿润,到处都很清静。这样的天气就不容易让人在家里待得住,想到哪里走走,或开个会什么的。

刘玉贞和肖慧娟也来了，像预先约好的似的。她两个是看试验田的地瓜窖子落进雪去没有。

刘曰庆说："甭去了，我刚去看了，没事儿！"又说："这雪不错是吧？"

"不错！"

"双轮双铧犁让雪淋了，没事儿吧？"

肖慧娟说："问题不大！"

"鲁西北骡马大集离咱这里多远？"

"将近四百里地吧！"

"去能坐车，回来就得牵着，这一来一回，再快也得六七天！"

"那得六七天！"

"还够韩富裕他两个呛来！"

"可不咋的！"

"回来好好表扬表扬他，要不就多给他记两个工！"

"行！"

"这个天儿听听梅兰芳不错，等会儿让大伙儿扫完了雪，再听听那玩意儿！"

玉贞笑笑："谁愿意听就听呗！"

"顺便跟玉洁说声，把那个宣传队再组织起来，今年早下手，多准备它几个节目，成立高级社的时候好好热闹热闹！"

"还是让秀云负责，玉洁那个妮子干啥都没个常性儿，遇着点困难她就不啰啰了！"

"也行！"

她两个往回走的时候，肖慧娟说："当个干部得多操多少心啊！"

玉贞唉了一声："当干部可不就得操心吗？"

"要是大伙儿都这么操心，高级社没个搞不好！"

玉贞说："就怕一开始图新鲜，时间长了就疲沓了，还得靠上级多引导啊！"

刘玉贞把组织宣传队的事儿回家跟玉洁一说，刘玉洁马上就同意了。玉贞说："你别三分钟的热度，说干比谁都积极，说不干三头牛拽不回来！"

刘玉洁说："哪能呢，干集体的事儿还能耍小脾气儿？"

"王秀云当队长，你当副队长！"

"行！"

刘玉洁主动跟王秀云去商量，宣传队很快就成立起来了。刘玉洁把肖慧娟也拉进来了，让她在《小姑贤》里扮婆婆，在《小借年》里当嫂子，肖慧娟答应得也挺干脆，说是："行，你让我演什么我就演什么！"

肖慧娟来钓鱼台两年多，到处都听说一个叫曹文慧的人的故事，说她为人多么好，威信多么高，说话什么样儿，走路什么样儿，总之是跟咱普通老百姓没两样儿。"怎么样？现在到北京当大官儿了吧？官儿越大就越没架子！"就把肖慧娟给震得普通话也不敢说了，花哨衣服也不敢穿了，她在处处模仿曹文慧。果然，没过多久人们就喜欢她了。她那种很洋气的人故意土气、很文雅的人故意粗鲁的劲头儿，特别好玩儿。她说某某人不是东西的时候，也说不像个好胡琴儿；她说某件事儿不能这么办的时候，也说"不沾弦"，她下地栽地瓜秧儿的时候，也赤着脚挽着裤腿儿。她那双娇小白嫩的脚和美丽的小腿儿就让钓鱼台的小伙子们脸红心跳干劲倍增。

刘曰庆对试验和推广胜利百号大地瓜的事从一开始就很热心很支持，就是育地瓜种的时候，对肖慧娟把地瓜放到六十度的温水里泡一下有点担心："烫不坏吧？"

肖慧娟说："烫不坏，才六十度！"

"六十度？六十度是怎么回事儿？"

"开水是一百度，六十度就是接近发烫的时候！"

"那还不煮个半熟啊？"

"不要紧，泡一下马上拿出来能防止地瓜黑斑病！"

"嗯，有道理！"

乡里提劳模候选人征求肖慧娟的意见的时候，她就提了刘玉贞。刘玉贞提刘曰庆，刘曰庆也提刘玉贞。最后社员大会投票选举，就定了刘玉贞。刘玉贞要命也不干，刘曰庆说："选劳模是看一贯表现，又不是单评推广胜利百号大地瓜的事儿！"

肖慧娟说："选你当你就当呗！说实在的，你们对上级的号召那么响应，对集体事业那么热心，也没有额外的补贴，上级无以回报，就这点儿精神鼓励表示一下心意就是了，干吗还推辞呢？"

大伙儿好说歹说，刘玉贞才勉强答应就当这一回，"下回无论如何也得选刘曰庆大叔，他比我操心更多！"

肖慧娟心里热乎乎地说是："你真是我的好大姐呀！"

典型材料就是杨秘书来写的了。

刘玉贞识字是识字，报纸也能念，可让她写她不会，她也找不着头儿总结。而省里还一定要书面的东西，杨秘书就专门儿来给她写。

杨秘书对这事儿极重视、极认真，他说："这是我们县唯一的一个省级劳模，这一炮无论如何要打响！"他接连开了好几个座谈会，也找人个别交谈，了解刘玉贞的事迹。

刘乃厚参加过一个座谈会，介绍他协助刘玉贞夯死大金牙的事儿。杨秘书对那件事儿不怎么感兴趣，说是"主要雪她当社长之后的事迹"，刘乃厚就不悦，开完了座谈会就跟玉贞说："这个东西说话跟那个大金牙一样哩，雪啊雪的，一会儿就把人雪烦了。"

杨秘书将情况了解得差不多之后，跟刘曰庆和玉贞说："这个材料还不好写哩！"

玉贞说："那就不写！"

"省里一定要书面材料呢，不写怎么行？"

"巧妇难为无米之炊，咱事迹不行，让你怎么写？"

杨秘书说："你别误会，我不是这个意思！"

刘曰庆问他："怎么个不好写？"

"关键是事迹太平，上级叫干什么就干什么，没有矛盾，也没个思想斗争过程，就不容易写出思想！"

玉贞说："上级号召个事儿，还得斗争它半天，才能有思想啊？"

"比方你推独轮车送粪，一次推五百多斤，比男社员推得还多，你是怎么想的？"

"什么也没想，我当社长还不该多推点儿呀？"

"就算你什么也没想，干起来的时候也不一定就一帆风顺啊！你比方推广胜利百号大地瓜这件事，你们支部的认识一开始就那么统一？社员们当中就没有说三道四表现消极的？你作为社长听到之后会没有想法？"

玉贞说："还真是没听到谁说三道四哩！上级号召的事儿都是为咱老百姓好，还能说三道四？你别忘了咱这里可是老解放区啊！"

刘曰庆说："写材料还非得要矛盾要有人说三道四不可呀？"

"有那个容易写出思想写出水平！"

刘曰庆说："那就把我写成矛盾吧！"

杨秘书说："也不能胡编乱造啊！"

"不乱造，我说三道四思想不通来着！"

"怎么不通？"

"小肖把地瓜种用快开的水烫，我说那还不煮熟了哇？还六十度呢，又不是烧酒！"

杨秘书很兴奋："这叫不懂科学，对，就雪这个！"

"玉贞开始提出要把全社的地瓜地全栽上胜利百号，我没同意，说是先在试验田里栽一年看看，这一看不要紧，还真是翻三番哩，要是听了玉贞的话全栽上那个，那可更是大丰收了！"

杨秘书说："这叫保守思想作怪，好，好，继续雪！"

玉贞说："大叔你怎么能编瞎话呢？我什么时候提过要把全社的地瓜地全栽上胜利百号？你想栽，有那么多地瓜苗儿吗？"

杨秘书就说玉贞："你这个同志，你听他雪嘛！"

刘曰庆说："别的就想不起来了。"

谈完了话，刘曰庆走了之后，玉贞央求杨秘书："你千万不能按曰庆大叔说的写呀！他确实是瞎编的呀！"

杨秘书说："有编好话的，还有编落后话的吗？没听雪过！他可能不一定就是那么雪的，可保守思想他有！"

玉贞说："你要一定那么写，到时候我可不念！"

杨秘书说："大姐放心吧，我不会让你为难的！"

杨秘书走了之后，玉贞埋怨刘曰庆："大叔你跟工作同志不实事求是不好啊！"

刘曰庆说："我看着他怪犯难为的，他也是好心，全县就咱一个劳模，材料写不好，上级也不乐意他，咱当个矛盾，保守怕啥的？又少不了咱什么！"

杨秘书还是按刘曰庆"雪"的那么写了。刘玉贞的发言稿上没有那一段，可报纸上登出来的时候有。虽然只是说的"有的同志"，但话都是刘曰庆编的。她看了就很不高兴，回到县上找着杨秘书发了顿火。杨秘书直解释："没点名，没点名。"

开完劳模会回来，刘玉贞变得沉默了许多。这件事儿对她刺激太大，她想不到上边儿还有人愿意写瞎话，听瞎话，而后这就叫有思想、有水平。她觉得自己这个劳模当得很不光彩，很对不起曰庆大叔。

肖慧娟知道这事儿后，对杨秘书也很生气，说是："他怎么能这样！你犯不着为这事儿伤心，责任在他而不在你！"

"可我要不当这个劳模，不就没这些事儿了吗？"

"换了别人当劳模，他也会这样写！"

肖慧娟替玉贞向刘曰庆解释，刘曰庆说："这孩子，心眼儿还这么细！怪不得开会回来情绪不高呢！那个矛盾、保守是我自己愿意当的，有她什么事儿？我是看着她长大的，我跟她爹是老伙计，她爹就牺牲在我跟前儿，我就要当自己的孩子看顾她，只要她能出息，我怎么着都愿意。她是什么人我还不了解？还用得着解释？"

慧娟说："不是她让我解释的，是我自己观察出来的。大叔您也要注意，以后遇到这种情况再不要编瞎话儿了，好吗？"

"好！"

八

天一放晴，雪开始化的时候，就有点冷飕飕的。杨秘书骑着自行车又来了。和他同时来的还有县委办公室主任袁宝贵，乡党委书记穆子明。

袁宝贵三十四五岁，人很白净，眉毛很粗，眼睛很有神，长着络腮胡子，刮得发青。刘玉贞去省城开劳模会打县上走的时候，他曾去招待所看过她，向她交代过注意事项。玉贞开完会回来，也是他听取汇报的，因此熟悉。袁宝贵不认识刘曰庆，但一提名字就知道："噢，噢，老担架队长嘛，六十度嘛，这回并社升级很积极嘛，哈哈哈——"

刘曰庆的脸上红了一下，也跟着"嘿嘿"。他觉得这个同志很了解情况，挺能打哈哈，怪和蔼。

穆子明跟刘曰庆和刘玉贞都认识，但不熟，他不怎么来钓鱼台，来到也不怎么说话，但挺能干活，干一会儿活，再这里那里地转转就走，也不吃饭，给人一种怕给你增加麻烦的感觉。

说起话来的时候，袁宝贵就打听刘乃厚，打听吴慈茵。他说他跟吴慈茵的丈夫何文广在一个连里待过，"很老实很本分的一个同志，后来他南下了，我留下做了地方工作，那年收到一批南下同志打离婚的信，才知道他就是咱县钓鱼台人，很本分的一个同志，哈哈哈——，等会儿去他家看看！"

刘玉贞就打发她弟弟小霄去给吴慈茵送个信儿，让她把家里拾掇拾掇，等一会儿县上有人去看她。

　　小霄去送信儿的时候，就发现她家门口的小黑板上还能隐隐约约看得出几个字来。虽然那个用石灰做的小黑板已经不怎么黑了，那几个字也被雨水冲刷得不清楚不完整了，但仍然可以判断出那是"谦虚使人进步，骄傲使人落后"。

　　小霄进去的时候，吴慈茵正跟她公爹何大能耐推煎饼糊子。他一说，她一惊，赶忙就扫院子，生炉子，准备烧水。

　　小霄送完信儿回来，半路上遇见了刘乃厚。他已经知道县上来人了，他问小霄："来的是什么人？不是公安局的吧？"

　　"不是！有个大官儿还打听你呢！"

　　"打听我？怎么打听？"

　　小霄就撒了个小谎："他问'机智灵活破坏鬼子后勤供应的老革命刘乃厚现在是怎么个情况'？"

　　"真的？"

　　"那还有假？"

　　"还说什么？"

　　"还说要去你家登门拜访呢！"

　　他咳嗽了一声，说是："领导同志大老远地来了，咱怎么能让人家拜访咱哪，咱应该去拜访他才有个礼貌性儿啊，你回去禀报一声，就说我刘乃厚一会儿就到！"

　　小霄偷偷笑了笑，回去根本没给他禀报。

　　不一会儿，刘乃厚就来了。他肯定回家打扮了一番，穿得整整齐齐，脸也刚刚洗过，没来得及擦干，让冷风一吹有点皴，表情有些不自然。他那个油脂麻花的解放帽儿特别好玩儿，帽舌的中间折了，半边耷拉着，小商贩似的。一进门就说："听说领导同志询、询问我？"

　　刘曰庆赶忙就向袁宝贵介绍："这就是刘乃厚！"

　　袁宝贵站起来"噢、噢"着跟他握手："你好，我叫袁宝贵，抽烟，抽烟！"

　　刘乃厚抽烟卷儿的姿势也特别好玩儿，他不是把烟卷儿往嘴上伸，而是先把烟固定到某个位置，而后拿嘴往烟卷儿上够，脖子伸得老长，他说："怪冷是吧？"

　　袁宝贵说："还行！"

　　"当前的形势是怎么个精神？"

　　袁宝贵嘿嘿着："很好，很好！"

"蒋介石和李承晚没动静儿吧?"

"没动静儿!"

"艾森豪不为儿打朝鲜了吧?"

"不打了!"

"高级社一成立,跟苏联老大哥差不多了吧?"

"差不多了。"

"共产主义一实现,那个牛奶还喝不惯哩!"

"经常喝就喝惯了,哎,你谈谈对成立高级社有什么意见哪。"

"高级社当然好了,越大越高级就越好!一个社有一个县那么大才好哩,人多热闹,是吧?"

袁宝贵哈哈地笑着:"谈点儿建设性的意见!"

"我建议吴慈茵同志担任该社党支部副书记!"

"她是党员吗?"

"是!她还当过纺织推进社社长呢!"

"你是党员吗?"

"本、本来……"刘乃厚说着说着眼圈儿还红了。

刘玉贞说:"行了,别啰啰了,袁主任不是要到吴慈茵家看看吗?"

袁宝贵说:"好,今天就谈到这里,我在这里住几天,有时间咱们再拉好吗?"

刘乃厚还嘟囔:"人家可是对革命有贡献哪!"

刘乃厚对吴慈茵一直怀着深深的歉疚,他认为何文广和她打离婚与他有关系。

何文广最后一次回钓鱼台,找他了解吴慈茵在家的表现的时候,他当时没给她说好话,结果两口子打了一家伙,何文广南下一去就再也没回来。

战争结束,当钓鱼台的男人们该回来的陆续都回来了的时候,吴慈茵也心急火燎。她知道她男的南下当了干部,不能跟村里那些当兵啥的一样回来就不走了,但探家恐怕还是要探的。她就在门口的小黑板上写上"谦虚使人进步,骄傲使人落后",颜色淡了,就再描一遍。她盼啊想啊,开始还盼人,哪怕跟上回一样只住五天就走呢;后来就盼信,没空儿回来来封信也行啊。待小黑板上的字描过无数次之后就不想再描了,最后一次描的也已经不清楚了的时候,信就盼来了。

那封信就是袁宝贵看过的知道很本分的何文广是钓鱼台人的

那封。

信是刘乃厚从邮递员手里接过又立马送到吴慈茵家的。刘乃厚不查路条之后，仍喜欢办公事。像来人搞招待送信下通知什么的，他都很主动。那封信的外边儿就套着县政府的信封，刘乃厚见着吴慈茵就说："县政府来的呢，叫公、公什么来着？公——公函！对了，叫公函！"

刘乃厚"公、公"着的工夫，吴慈茵将信一把夺过来两手颤抖着就拆开了。她一看，木呆呆地瘫了：是离婚通知书！何大能耐赶忙拿过信粗粗地看了一眼就大骂："'父母包办，封建婚姻，作风不好'！放你娘的狗臭屁啊！"

刘乃厚从地上捡起来一看，"哇"地哭了："都怨我都怨我呀——"他因此对吴慈茵怀着深深的歉疚。

当袁宝贵一行从吴慈茵家出来的时候，他盯着她门口旁边儿的小黑板儿看了半天。吴慈茵不好意思地笑笑："那是前些年写的，不会写，赶不上玉贞妹子写得好，过去都写了些什么，现在都不认得了。"

袁宝贵的眼圈儿湿润了，一扭头走了。

九

袁宝贵此行主要是考察和组建高级社领导班子的。因为是全县第一个高级社，带有先行一步的意义，县里格外重视。刘曰庆发现，袁主任看过吴慈茵之后，就不怎么爱打哈哈了。随后他召开座谈会，找包括刘乃厚在内的一些人谈话，表情都默默的。完了就和穆子明到西鱼台去了。刘曰庆跟玉贞说："这个人还怪重感情来，工作很细，水平不低！"

玉贞说："一级有一级的水平嘛！"

这时候，韩富裕和会计买了马回来了。韩富裕牵着一匹枣红马，会计牵着一头雪青骒子，他们大模大样地一进村，全村的人又倾巢出动拥上去了。两人蓬头垢面，胡子拉碴，像刚从监狱出来似的，但还精神抖擞。韩富裕的眼在人群里掠了一圈儿，说是："同、同志们好！"

大伙儿说："好，好！"

刘乃厚说："看看，怎么样？出去买了趟马就牛皮烘烘了吧？还撇腔呢，还同志们好呢！"

大伙儿哄地就笑了。

刘曰庆和刘玉贞迎上去跟他二位握手，刘曰庆说："下了雪，路上不好走是吧？"

韩富裕说："还行！小意思！"

刘曰庆说："在家千日好，出门一时难，这么远的路小意思不了，你俩为咱高级社立了头功！"

韩富裕的眼圈儿就有点小湿润。

刘乃厚说："赶快把马套上，拉拉双轮双铧犁看看！"

韩富裕说："恐怕够呛，骡子是能拉，就是这马还不听话，得驯几天！"

刘曰庆说："那就算了，地也上冻了，不好拉，以后再试，你俩回家歇歇儿去吧！"

第二天韩富裕驯马的时候，又让钓鱼台的孩子们好兴奋。刘乃厚看了一会儿评价说："嘻，根本不灵！还骑兵呢！穿着马裤，挎上匣子枪也白搭！"

韩富裕确实不灵！关键是他不舍得打。那匹枣红马是刚从内蒙古调拨来的，它在那一望无垠的大草原上野惯了，来到这沂蒙山区的深山沟里憋屈得慌，有情绪。韩富裕还很理解，给它做思想工作，说是现在是冬天，还看不出多么好，春暖花开的时候你再瞧，不比你草原差分毫，再说你在那里也显不着你，没人拿你当成宝，你来咱这里是独一个，那就成了好东西，乡亲们都来把你看，你无论如何让我骑一骑。可它根本不给他长脸，他一骑上去，它前腿儿一抬，身子一晃，就把他给掼下来了，还趁他不注意的时候踢他一脚。

韩富裕让它摔得鼻青脸肿，踢得腰酸腿疼，还强打精神。刘曰庆在旁边儿看不过去，说是："算了，别让它踢坏了我的好社员！这哪里是驯马，简直是活受罪呀，你这骑兵当的！"

韩富裕一急就说了实话："我就当了半年，那马还是人家驯好的。"

"这马也太野了，它不是通人性儿吗？怎么还这么恶劣？"

韩富裕说："外地'人'跟咱就是不一样，品性差，不善良！"

"那就揍它，不打不成材！"

韩富裕想揍它，可那个赶马车的鞭子他不会甩。那种鞭子很长，鞭梢儿很细，抽的时候你该离它远一些，用鞭梢儿抽它的耳朵。韩富裕站得太近，鞭子抡起来在空中转个圈儿之后落点不对，还不时地把自己的耳朵抽一下子，刀割一般。有人在旁边儿直咋呼："用鞭杆搂它！"韩富裕急了眼就用鞭杆砸它的屁股，一砸一蹦高，一砸一蹦高，连着砸断了三根鞭杆，他和那马都大汗淋漓了，他砸不动了，那马也蹦不起来了。它就老实了，任谁骑都乖乖的了。刘乃厚说："这不还有点男子汉的劲头儿吗？"

韩富裕说："惹急了我还敢杀人哩，不知道我两次三等功是怎么立的吗？"

韩富裕驯好了马，就找着王秀云和刘玉洁蘑蘑菇菇地要参加她们那个宣传队。他问刘玉洁："你那些节目里就没有个坏家伙？咱演不上好人，演个坏家伙也行啊！"

刘玉洁说："还真没有坏家伙哩！"

"没有坏家伙的节目可就一般化了。"

"一般化就一般化呗，它就是没有，我有啥办法？"

韩富裕就说是："编节目的人没水平，没有坏家伙怎么能热闹？是不是呀杨秘书？哎，你编一个不行吗？你不是挺能编吗？"

正在那里看热闹儿的杨秘书脸红了一下，说是："我试试吧！"

王秀云就说："老韩你要让杨秘书编了节目，你就进来，他要不编，那可就对不起了！"

韩富裕说："杨秘书你要编个适合我演的节目，你走的时候我牵着马送你！"

杨秘书就说："这个事儿得好好琢磨琢磨构思构思！"

杨秘书此次来钓鱼台，经常到刘玉洁家转悠。因为肖慧娟也在那里排节目，他两个又是一起来的，庄上的人就瞎分析，有人问刘玉洁："那个杨秘书是不是跟肖同志有点小情况？"

刘玉洁很肯定地说："根本就没影儿，慧娟能啰啰他呀？他那个大舌头搁嘴里放不开似的，整天雪啊雪的，那还不把慧娟给雪烦了？"

"那他相中谁了呢？反正是有情况！"

刘玉洁说："看他的眼神儿还看不出来呀？"

"那就是王秀云了，是王秀云定了，怪不得他一来刘子厚就脸不是脸鼻子不是鼻子的呢！"

"他凭什么脸不是脸鼻子不是鼻子的？单相思罢了。"

"那杨秘书就不是单相思了？"

"谁知道？"

王秀云还真是有点小虚荣。她长得很漂亮，穿得很板正，说话讲究个思想性儿，好像有不少文化似的。其实她识字不多，她连"从今后咱娘们儿不打也不骂，我要是再骂你把嘴缝煞"的"煞"字也不认识。她悄悄跟玉洁的弟弟小霄打听，小霄刚上一年级，也不认识，他说："你不会问问杨秘书和肖大姐呀？"她说："行，我问问！"可后来她问了刘玉洁也没问他俩。

王秀云放不下"文化不少"的架子，被安排的角色格外多，在《小借年》里当妹妹，在《小姑贤》里当媳妇，所有的小舞蹈和表演唱里也都有她。她背台词背得就很艰苦，有时背得晚了就不回去了，跟玉洁和慧娟挤在一个炕上睡。小霄也经常在那里玩儿，玩着玩着就睡着了。有天晚上他正睡得迷迷糊糊，王秀云竟然将他抱起来把尿呢，像把吃奶的孩子撒尿似的。他在她怀里蜷曲着别别扭扭，根本就撒不出来，他身子一挣站起来了，她就一屁股坐在了地上，她还哧哧地笑呢。她是个好脾气的人。若干年后，刘玉霄称那个冬天是个温暖的冬天，也包括这些小小的细节在里面。

别的姑娘们晚上也常常不回去。她们挤坐在炕上为剧中的人物操心，议论男人们的缺点，嘲笑韩富裕抗美援朝是怎么抗的，没个稳重样儿，连个饭也不会做，就知道做炒面，还怪注意发扬志愿军"一把炒面一把雪"的传统呢！刘子厚则有点酸文假醋，会开个收音机就学得经常撇腔，小分头儿梳得铮亮，小领口还缝着衬领儿。他那个娘也是不好惹的主儿，比《小姑贤》里那个婆婆不差半分毫。那个杨秘书呢嘴不小，舌头也怪大，怎么长的来！玉贞社长最恶心他了，说他名副其实。哪里是名副其实呀，是言过其实。她们议论杨秘书的时候，王秀云的脸确实就红了一阵儿。

台词背得差不多了的时候就开始对台词了，以剧组为单位。那天下雪，《小借年》剧组在刘玉洁那屋里对词，当然就坐在炕上，腿上盖着棉被。肖慧娟在《小借年》里扮嫂子，王秀云扮妹妹，那个穷秀才就由刘子厚饰演。刘子厚先前演过多次，台词是熟之又熟，但肖慧娟在场他思想放不开，表情不自然，且不自觉地将方言向普通话靠拢，听上去不伦不类。王秀云也发觉他神色太拘谨，就让他"放松一点，过去怎么演现在还怎么演，这么紧张干吗呀？"刘子厚就越发地脸红脖子粗，连眼神也不敢与她相对了。

韩富裕来了，他来到就搓着手在炕下转悠，眼睛瞅着炕，嘴里直嘟囔："好家伙，还怪冷哩，简直让它冻毁了堆儿呀！"

王秀云说："冷就上来坐呗！"

韩富裕忙不迭地就脱鞋上了炕，将腿伸到棉被下，他那双长腿就把棉被撑成了个小帐篷。他说是："全世界数着这地方暖和，好家伙，那个杨秘书还行来，说编就编了，还真编了个有坏家伙的节目，叫《智杀大金牙》！那个大金牙非我莫、莫属！"

肖慧娟就笑了："这回你那两个大牙可派上用场了，这叫因地制宜！"

"杨秘书还编了个表扬我的节目呢！"

王秀云说："表扬你什么？"

韩富裕神秘地笑笑："暂时保密，早告诉你了，演的时候就不新鲜了。"

刘子厚不耐烦地说是："别啰啰这个了，还是对台词，刚才对到哪里了？"

三个人又一递一句地对台词，没韩富裕的什么事儿，他就倚在墙上闭眼作瞌睡状。不大一会儿，王秀云突然脸红红地下炕出去了。刘子厚见她出去也跟出去了。

屋里的肖慧娟就有点奇怪："正对得好好的，怎么一下都出去了？"

韩富裕说："解手去了吧？"

"解手还能一块儿呀？"

"那就是单独谈谈去了，刘子厚那腔撇得也太玄了，唱个熊吕剧撇腔干吗！王秀云是团支部书记不是？她可能不好意思守着咱们说他，个别谈谈去了，这叫注意工作方法，嗯，单独让女同志指指缺点确实是不错呀！"

"有什么不错的？"

"那就是谈到相当程度了。"

"你还怪有经验哩！"

"宣传队嘛，也就是谈个恋、恋爱什么的方便点儿，平时哪有工夫互相了、了解呀！"

肖慧娟笑得咯咯的："怪不得你积极要求参加宣传队呢，连演坏家伙也不嫌！"

韩富裕不好意思地笑笑："个人问题只能依靠组织解决，嗯！"

他的个人问题确实就是下年又成立宣传队的时候给解决的。

不一会儿，外边儿的两个又进来了。三个人接着对台词，配合得很默契，对得很热闹。韩富裕在旁边儿猴猴着脸儿看看这个看看那个，自己也觉得没意思，说声：你们先对着，我到别处去看看，这个进度问题还得抓紧哩，嗯！就去了。

排节目的时候就热闹了，韩富裕指挥人把打麦场上的雪扫出一块空地儿来，刘玉洁就在那里教一个拿着扇子一扭一扭的小舞蹈。扇子的边沿都粘着五颜六色的彩绸儿，那些东西在冬日的雪地上翻动起舞，时而还组成个图案什么的，格外好看。看热闹的人就分析，今年的节目肯定错不了。

十

袁宝贵和穆子明从西鱼台回来，对高级社领导班子的人选提了个方案，向刘曰庆和刘玉贞征求意见。这个方案是：社长还由刘玉贞担任，书记由西鱼台的书记高庆余担任，刘曰庆任副书记，吴慈茵和西鱼台原来的社长任副社长。

袁宝贵说："这还是个初步方案！"

穆子明则说："是主导性意见。"

不想刘玉贞坚决要辞职，坚决不干社长了。工作组的人和刘曰庆全愣了。

袁宝贵说："对这个方案有意见可以提嘛，干吗要辞职呢？"

刘玉贞说："意见是有，就是我没意见也一定要辞！"

袁宝贵说："先谈谈你有什么意见。"

"刘曰庆为什么不能当书记？"

"考虑到他年龄偏大，又没文化，今后的工作政策性会更强，还是当个副手多起些参谋作用！"

"高庆余我熟悉，他也不识字，他和刘曰庆同岁，刘曰庆年龄偏大，他年龄就不偏大？你们其实是嫌刘曰庆思想保守是六十度对不对？"

穆子明提醒她："有话慢慢说，要注意态度！"

袁宝贵说："不要紧，让小刘说完！"

刘玉贞接着说："他怎么成了保守的，杨秘书在这里，你们问问他就知道！我一直维护公家人儿的面子，不跟上级反映，可你们还认了真，现在我就不能不说了，那个保守是刘曰庆大叔主动当的！"

刘曰庆说："这孩子，说这个干啥！"

袁宝贵就问杨秘书："怎么回事儿？嗯？"杨秘书脸通红，说是："会下再说，会下再说！"

肖慧娟把大概情况说了说，袁宝贵就笑着说："原来是这样，哈哈哈——小刘还有什么意见哪？"

"吴慈茵当副社长我也不同意。她人是不错，遭遇也值得同情，可咱不能拿个副社长来安慰她，副社长她当得了吗？她有心思干吗？"

袁宝贵说："小刘你也太骄傲了，人家还没当，你怎么知道当不了？"

刘玉贞流着眼泪激动地说："我骄傲也就骄傲这一回吧，反正我是不干了。"

袁宝贵说："你一个党员，又是社长，劳模，怎么能说不干就不干了？"

刘玉贞哭喊着："你们就认得我是党员、社长、劳模，可我也是女人啊！姑奶奶三十了！姑奶奶要嫁人了！"说完，跑了。

人们一下子沉默了。半天，袁宝贵问刘曰庆："她有对象了吗？"

刘曰庆说："这个事儿我还真不知道哩，她从来没跟我说起过，我也一直没想起来问！"

袁宝贵说："人家一个闺女家，怎么能好意思跟你说？"

之后，袁宝贵找刘玉贞个别谈话："那个初步方案确实有点欠考虑，我把小杨狠狠训了一顿，他也表示承认错误。可你干吗要辞职呢？想结婚也不一定非辞职不可呀！"

刘玉贞像一下憔悴了许多，她眼泪汪汪地说："要说对钓鱼台的感情，谁也没有我深，我当了十年村长，三年社长，现在又正红火着，我就愿意辞吗？可谁让我是女人哩！"

"你有对象了？"

"是我小时候父母给定下的！"

"你还挺听父母之命媒妁之言哪？"

"父母在世可以不听，父母去世了就不能不听！"

"他是干什么的？"

"农民！"

"把他调到咱们社，弄个倒插门儿怎么样？"

"我也不是没想过，也多次跟他商量过，可他家就是不同意我有啊办法！"

"往你家来的路上，我还琢磨着给你介绍个脱产干部哩。"

玉贞苦笑一下："用不着了，人家能等到现在就不容易了，咱怎么能对不起人家？要找脱产干部我早找了！"

"这么说你是非辞职不可了？"

"对！"

看看没有挽回的余地，袁宝贵就走了。若干年后，袁宝贵见着当了作家的刘玉霄，提起这事儿仍感慨不已："农民啊，到底是农民啊，那么好的一个同志！"

十一

尽管刘玉贞嘱咐刘曰庆和工作组她辞职的事暂时不要传出去，可人们还是陆续知道了。农村是没有什么秘密能保得住的。人们开始还不相信，都说她还正儿八经地抓工作呢，还派人去县城木业社定做马车呢，杨秘书编《智杀大金牙》的活报剧找她了解情况的时候她还咯咯地笑呢。慢慢地就半信半疑，有人看见她经常一个人在村外这里那里地走呢，她还挨家挨户地串门儿嘱咐这嘱咐那呢，刘曰庆有一次从她家出来眼圈儿还红着呢。后来就都信了，男女老少都拥到她家去看她，韩富裕去看她的时候还掉了眼泪呢。

刘乃厚追在刘子厚的屁股后说："你把那个无线电让我单独听五分钟行吧？"

刘子厚对那玩意儿已经不宝贝得要命了，就说："行，别弄坏了。"

刘乃厚把那个无线电抱到自己家里，把旁边儿那个要经过县委批准才能开的旋钮儿就给打开了，他哭喊着说："毛主席啊，我是刘乃厚啊，上回我说的那个情况不属实啊，刘玉贞当社长那是没有比啊！您无论如何要指示山东省委让刘玉贞收回辞呈啊，我以后坚决克服爱显能爱瞎啰啰的毛病，当一个以求实的好社员哪！刘乃厚这里向您磕头了，一叩首，二叩首，三叩首，磕头毕，情况就这么个情况了，嗯！"那个无线电光吱吱地响，没有答复。他估计是毛主席没在旁边儿，别人不好答复。但不要紧，只要有人听见就行了，那就会禀报给毛主席。就是没人听见，他做了这件事之后心里也宽慰了。我刘乃厚做过多少让自己愧疚的事啊！

钓鱼台高级社领导班子的人选最后是这样定的：高庆余任书记、刘曰庆任社长，王秀云和西鱼台农业社的社长任副社长，刘子厚任总会计。袁宝贵曾征求过吴慈茵对干副社长的意见，吴慈茵不愿干，就换成了团支部书记王秀云。成立大会上，当主持会议的穆子明把这个结果一宣布，刘乃厚忽地站起来"哎"了一声，而后寻思寻思又坐下了。

那个成立大会刘玉贞没参加，她到离钓鱼台八里地的她未来的婆家去了。钓鱼台第二天演节目的时候，她就把她未来的婆婆用独轮车推来看节目。那是个矮小的两边儿太阳穴都贴着狗皮膏药的老太太，人们从她的形象上推断她的儿子，心里暗暗地为他们的女社长惋惜。

节目演得不错。《智杀大金牙》的那个活报剧特别受欢迎。韩富裕的那两个大牙确实就派上了用场。他把它们用包香烟的锡纸那么一包，马裤那么一穿，整个一个大金牙。吴慈茵的角色是由肖慧娟演的，刘玉贞的角色就由王秀云饰演，她一上场，下面立即爆起了热烈的掌声，长达五分钟之久。王秀云在台上没法说台词也鼓起了掌。刘玉贞在台下泪水哗哗地站起来连连鞠躬。半天，刘乃厚上场了，他的角色仍由他本人演，他在台上故意出洋相，屁股一撅一撅，八字腿一甩一甩，卓别林样的，又引得台下爆起阵阵笑声。

杨秘书编的另一个叫《送肥》的节目，刘曰庆不怎么满意。说的是韩富裕挑着尿去浇菜园，路遇书记刘曰庆，刘曰庆给他讲了讲集体主义，他就来了积极性儿，把尿倒进农业社的麦田里了。但编得太简单，没有个思想斗争的过程。刘曰庆说："该编的时候他不编，不该编的时候他瞎编，没思、思想！"

随后那整个一个冬天，钓鱼台真是热闹！天天敲锣打鼓，人人喜笑颜开。人们由互助组到初级社再到高级社的历程中，就估计出下一步肯定还有更高级的东西在等着他们，比方机械化、电气化了什么的。人们对社会主义的感受真是具体，真是越奔越有劲儿，越奔越有奔头。

来年的早春二月，刘玉贞出嫁了，是韩富裕牵着马送的她。钓鱼台人全体出动，送出三里多地去。刘玉贞离村的时候大哭一场，到了她婆家还泪水不干。她婆婆后来不是这里疼就是那里痒的时候，常提到这事儿。

第四章 叶落钓鱼台

读者诸君可曾记得我写过钓鱼台一个叫杨税务的人？记不住杨税务，应该记得如下的话："外边雪花飘着，屋里火炉生着，猪肉白菜粉皮地炖着，小酒盅那么一捏，小错误那么一犯，小检查那么一写，真是神仙过的日子！"

那位说了，犯了错误，写着检查，肯定很痛苦、很郁闷呀，怎么会是神仙过的日子？原因有三：一是与该同志所犯错误的性质有关。他犯的应该不是那种偷鸡摸狗、行贿受贿、乱搞男女关系之类的错误，而是那种说出来不是太丢人，多少能让人理解和原谅的错误。二是与当时的政治气候有关，一不留神就会犯错误。毛主席不是也有一句名言？叫谁不犯错误？马克思不犯错误？马克思不犯错误为什么还要将文章改来改去？因为有错误他才改嘛！第三，就与我家乡有探望犯错误的同志的习俗有关了。你犯了点不大不小的错误，领导让你停职反省，回家写检查，庄上的老少爷们听说了，自会不约而同地提着一斤鸡蛋二斤挂面地来看望你、安慰你，让你生活大改善，心里倍儿温暖，那还不是神仙过的日子？

后来据帮他写检查的我大哥刘玉华说，杨税务那次在家写检查一个月，收鸡蛋79斤、挂面137斤，狗东西吃不了，还卖了不少。

钓鱼台当时住家90户，杨税务收鸡蛋79斤，说明除了鳏寡孤独及实在揭不开锅了的人家基本都去了。如此步调一致，是德高望重的人发动或安排的？不是，是一传十、十传百地陆续去探望的。杨税务也不是第一个被探望的人，此前有先例，探望杨税务只是参照执行。

钓鱼台第一个被探望的人是谁？他叫叶贵来，是个南下干部，钓鱼台出去的最大的官儿。该同志在我所有小说中从没正面出现过，但与之有关的人，你可能就会有印象。你记得我说过一个小黑板的故事吧？上面永远只有一句话，叫谦虚使人进步，骄傲使人落后。嗯，写这句话的人就是叶贵来的老婆，叫吴传爱。据说她在娘家为姑娘的时候就识几个字，嫁到钓鱼台之后，便成了识字班里她那一茬大姑娘小媳妇中识字最多的人。故而，当别人只会写"人、手、口、刀、牛、羊"的时候，她已经会写"谦虚使人进步，骄傲使人落后"了。

她这句话当然就有所指。叶贵来南下之前，曾回过一趟家的，是1949年春节呢。那时淮海战役刚结束，我军打了大胜仗，村上支前的民工回来了，在附近休整的正规部队的战士们也放假了，沂蒙山根据地一片欢腾。村上天天锣鼓喧天、杀猪宰羊；家家张灯结彩，像等不及年三十了似的，早早地就把对联贴上了。钓鱼台村公所的院子里人来人往，有的忙着给村上的烈军属及荣复军人家里挂纱灯、送蜡烛；有的张罗着准备高跷、旱船、红绸子、绿绸子及其他扮玩的小道具，准备节后好好扭它一家伙；还有的就在那里议论着村上谁谁谁回来了，谁谁谁还没回来……

叶贵来是年三十那天早晨回来的，骑着马，腰里别着手枪。在村头领着几个孩子查路条的刘乃厚远远地看见，立马迎上去，哪部分的？

叶贵来不下马，仍然高高在上，你说我是哪部分的？

刘乃厚不悦，一看你穿的这条熊裤子就不是什么好人，拿路条！

已经当了副营长的叶贵来在蒙山休整，一到年根底下即归心似箭，直到腊月二十九，才将一应事务处理完，遂借了营长的马，连夜往家窜。他风尘仆仆、心急火燎地窜了一百多里地，一路畅行无阻，可到家门口了，突然冒出个土行孙式的人物要路条，当然就火急火燎的。另外，他肯定也认出这个查路条的人是钓鱼台有名的惯于装腔作势的半页子（方言：少个心眼儿，半吊的意思），遂说，连马裤都不认识，还查路条呢，你查屎！

刘乃厚就拿着个红缨枪在他的裤裆处乱比画，说是，好，那就查查你这个屎！三比画两比画，那马一下子惊了，两腿一抬，前身一仰，将叶贵来给摔了个仰八叉。刘乃厚不知道叶贵来的坐骑是借来的，到了自家村头上，他倒是也想下马来着，可他骑马的业务不熟练，加之窜了一百多里地，腿疼腰酸，他怕下得不利索，让这帮半大不小的毛孩子瞧科了，脸上无光，遂在那里硬撑——

叶营副从马上给摔下来，刘乃厚吓坏了，他肯定也想起这个人是谁了，而且骑着马回来的，说明官儿不小，随即伸手欲将他拉起来，你是前街上的叶大叔吧？

叶贵来将他的手一拨拉，自己从地上爬起来了，滚一边儿去，再在这里胡啰啰儿，一枪崩了你个兔崽子！

刘乃厚让他给骂了个趔趄，马上又拉下脸来，往他的身上拱，你崩、你崩，你不崩不是人揉的！

估计有小孩跑到村里报信了，他二位正拉扯着，村长刘玉贞及工作队长曹文慧赶来了。

刘玉贞老远地看见，喊了一声，这不是叶大哥吗？乃厚你个私孩子还不住手！

叶贵来有点尴尬，是玉贞妹子呀，唉，让你笑话了，好几年不回来，好不容易回来一趟，刘大革命还不让我进村！

刘乃厚眼泪汪汪地嘟囔着，查路条来着，他让我查屁，还要一枪崩了我，我让他崩！

叶贵来脸上红了一下，看一眼腰带上也佩着手枪的曹文慧说是，开玩笑的，给他根棒槌还认了针（真）！

曹文慧对刘乃厚说，查路条是对的，可只查陌生人哪，一个庄上的人查什么路条，你不认识他？

刘乃厚说，看着有点面熟，一看他穿的那条裤子，不敢认了，我以为是国民党来着！

曹文慧和刘玉贞就笑了。叶贵来也尴尬地笑笑，这条马裤还真是缴获的国民党的军用物资！

一笑泯误会。刘玉贞说，快回家吧叶大哥，叶大嫂该等急了，一天出来看好几趟呢！之后就向他介绍曹文慧，这是工作队的曹队长，马上就要当乡长了！叶大哥也进步了吧？

叶贵来说，刚弄了个副营长！

刘玉贞就说，咱庄上出去的人，还就是你有出息，都当副营长了，你家大嫂也不赖，识字班上数她识字多！

叶贵来就说，她那点水平，我还不知道？哎，曹同志是外地人吧？一听你说查路条只查陌生人，就知道你是外地人，咱这里管生人不叫陌生人，肯定还是知识分子！

曹文慧端庄大方，含威不露。刘乃厚虽然平时有点装腔作势、半半吊吊，但她相信他学叶贵来说的那番话不是撒谎，心里即有点小不悦，遂不卑不亢地说，啊，算是吧！

之后，刘玉贞让刘乃厚把叶营副的马牵到村公所，让其专门负责喂养，以实际行动向叶营副赔礼道歉。

叶贵来的老婆吴传爱，长得很白净，要模样有模样，要身材有身材，唯一的缺点是小脚。她那双小脚也不是真正意义上的小脚，是裹了一段时间又放开的那种，叫解放脚，但从走路及鞋的形状上能看出她裹过脚。叶贵来回到家，先进了父母住的堂屋，随后即一拨一拨地来人看望，吴传爱始终没敢靠前，堂屋里的人喝水说话，也没人叫她过去提茶续水，她便讪讪地站在院子里迎来送往，像有所分工似的，专管迎人送人。好在那天是年三十，家家都忙，人们过来打个招呼问声好，说声明天再专门过来拜年，就各自回家了。

叶贵来出来送人来着，看见吴传爱站在院子里，两人这才第一次照面，吴传爱脸红红地说道，你、你回来了呀！

叶贵来也有点小激动，怎么不进屋？

吴传爱有点不好意思，人来人往的……你饿了吧？

叶贵来说，让刘乃厚这个私孩子纠缠了半天，早饭也没吃，这会儿还真有点饿了！

吴传爱在院子里半天，一直支棱着耳朵听屋里的人说话，估计已经知道刘乃厚查路条的事儿了，遂笑笑，他少心无肝的，你跟他较什么劲！要不你先躺会儿，我做好了饭叫你！说着就进堂屋拿火烘子（方言：取暖用的带把儿的陶制品，里面先放进草木灰，再放上点着的木炭，即可取暖），欲给他暖被窝儿。吴传爱的婆婆就说，你把炉子搬到你屋里吧！

吴传爱说，甭价，您和爹这屋里经常来人，别太冷了，我用火烘子给他暖暖就行了。

吴传爱的婆婆又说，你伺候他睡去吧，窜了一后响，估计也累了，现成的年货，一热就行，待会儿我热好了叫他。

吴传爱从炉子里往火烘子里夹炭火的时候，不知是炭火映照的，还是意识到了婆婆话里的意思，脸格外红。她匆匆夹几块炭火，赶紧提溜着火烘子去了她自己住的厢房，刚拽开被子，叶贵来从后边将她抱住了，还真用火烘子暖被窝呀，哪有这么娇气！

吴传爱声音颤抖着，不是让你热乎点嘛！

叶贵来说，还有比火烘子更热乎的呢！

此后，确实没用火烘子叶贵来就热乎了起来，甚至还汗流浃背的样子。吴传爱也热血沸腾，完了娇嗔地打他一下，窜了一后响，还饿着肚子，哪来的这么大劲儿！之后即红光满面地出去了。一进厨房，看见婆婆正从锅里往碗里盛荷包蛋，说是，怕凉了，没敢早做，快让他趁热吃了。

吴传爱听着婆婆的话，脸上又是一红：还怕凉了没敢早做，莫非她是一直听着他俩的动静吗？

钓鱼台的这个春节简朴而红火。战争刚过，此前的积蓄大都拿去支前了，人们再也拿不出像样的东西庆祝这个最重要的传统节日了，但心情都不错，一个个面黄肌瘦，又精神焕发。饺子是都吃上了的，差异只在于质量上的高低。刘乃厚估计全庄年夜饭的水平数着叶贵来家高了，他查路条的时候，注意到了马驮子上的东西，应该是烟酒糖茶之类吧，还有罐头，估计也是缴获的国民党的军用物资。

吃着年夜饭的时候，叶贵来的爹娘齐夸儿媳吴传爱如何地勤快、贤惠、孝顺，比亲闺女还亲什么的。叶贵来则解释之所以回来得这么晚，是因为部队排以上干部集中学习毛主席的元旦献词来着，叫《将革命进行到底》，嗯。

叶贵来的爹叶有福问，元旦献词是啥？

叶贵来说，元旦就是阳历的新年，献词是大人物说的话，写的文章！

叶有福说，瞧咱这日子过的，活了大半辈子还不知道有阳历、有元旦，让那个元旦就这么白白地过去了！

叶贵来笑笑，元旦跟平常的日子是一样的，只是比阴历年早到一个月，毛主席在元旦献词里还讲了一个《农夫与蛇》的故事哩，哎，考考你呀传爱，你知道这个故事吗？

吴传爱愣了一下，她是第一次听人管自己叫传爱，庄上的人都叫她老来子家，猛不丁听他这么叫，还以为是叫别人，待寻思过来，才说，好像听曹同志说过呀，是说一个老大爷刨地的时候，刨出一条冻僵了的长虫，这老大爷心肠好，把那长虫放到自己怀里给它暖身子，可等那长虫活过来，反将大爷咬了一口，我记得是这么个呱来着！

叶贵来说，嗯，是这么个呱不假，毛主席拉这个呱是教育咱，现在国民党就是一条冻僵了的长虫，一定不要怜惜那些长虫一样的恶人，要把革命进行到底，别让它缓过劲儿来再咬咱一口。之后又说，过完年，队伍就要往南开拔，要打过长江去，解放全中国！

吴传爱说，前些天曹同志也开始动员了呢，要动员识字班和青救会报名随军南下！

叶有福说，也去当兵？

叶贵来说，随军南下的同志不是去当兵，是做地方工作；部队打下了新地盘，就要成立新政权，谁来掌权呢，就靠这些南下的同志，思想又进步、又有文化的同志，叫打天下、坐天下，啊。

叶有福说，坐天下也要女的？

叶贵来说，地方工作嘛，男女都能做，跟曹同志一样！

叶贵来的娘就说，好家伙，女的也能坐天下呀，那就能过元旦了吧？

一家人哈地就笑了。

吃完了年夜饭，叶有福督促他俩抓紧睡一会儿，不等天明就会有人来拜年！

叶贵来的娘说，来人拜年也是到这屋里拜，你们只管睡你们的！

叶有福说，老来子几年不回来了，又当了副营长，乡亲们来拜年，还能不见见呀，别让人家说咱架子大，马大了值钱，人大了不值钱！

叶贵来的娘就让儿媳拿火烘子装炭火，吴传爱看一眼丈夫，你冷吗？

叶贵来说，这个年五更，还真没觉得冷，甭用火烘子了，怪麻烦的。

确实没再用火烘子，两人就又热乎乎的了。

半天，吴传爱偎在丈夫的怀里说，要不，我也南下吧？

叶贵来愣了一下，女同志结了婚的，一般不要，你南什么下？

吴传爱说，前两天曹同志跟我说，根据我的思想表现和文化水平，若是报名南下完全够格，结了婚的也不是绝对不可以！

叶贵来就说，关键是你这个小脚不合格，搞地方工作，要走南闯北，跑来跑去，你走个平路都嘎嘎悠悠的，怎么做工作？你见过工作同志有小脚的吗？这是其一；其二，你走了，咱爹咱娘怎么办？

吴传爱嘟囔着，倒也是呀！

叶贵来又问，那个曹同志是怎么个来历？

吴传爱说，具体情况我也不知道，听玉贞妹子说过一句半句的，她是金陵大学的什么生？没毕业的那种？

叶贵来说，是肄业生吧？

吴传爱说，嗯，肄业生对了，她和她对象都是金陵大学的肄业生；抗战胜利的那一年，听说沂蒙山区解放了，就和她对象通过地下党来沂蒙山参加了八路军，之后那男的上了前线，她留下来做了地方工作。

叶贵来说，她对象叫什么名字？

吴传爱说，只知道姓肖，具体叫什么还真不知道哩，哎，你打听得这么详细干吗呀？

叶贵来说，我们团的政委也是大学肄业生呢，若是姓肖的话，那就不是！

吴传爱说，嗯，哪能这么巧，要真是曹同志的爱人，你们在附近驻防，他能不回来看看她？

叶贵来说，说的是呢，说到南下，女同志还就得像曹同志这样，有文化、有水平，又漂亮、又威严，哪能像你这么小脚嘎悠的！

吴传爱就说，咱哪能跟工作同志比呀！

三说两说，两人就又热火起来。关键时候，叶贵来情不自禁，曹、曹……

吴传爱一下将他掀下来了，你把我当傻瓜了吧？你以为你是谁？人家啰啰你个×养的呀？叶贵来我告诉你，为了你父母，我可以不南下，可你要对不起我，在外边胡啰啰，你小心！还元旦献词呢，你狗旦吃屎吧！

叶贵来一下子让他骂笑了，遂觍着个脸说这是哪跟哪呀，上了几天识字班，识了几个字，脾气见长啊！我不就说了句粗话吗？大过年的，你干吗呀？

吴传爱一听大过年的，心先软了，遂说，你心里有数就行，要只是粗话还好了。

叶贵来又死皮赖脸地将其搂在怀里，怎么寻思的来，还元旦献词、狗旦吃屎。

吴传爱也扑哧一声乐了。

还真是天不明就陆续来人拜年了。叶贵来比先前热情了许多，主动拿烟给大人抽，拿糖给小孩吃。见到曹同志，还稍稍有点不好意思。也仍然宣传元旦献词，说农夫和蛇，将革命进行到底那一套。

刘乃厚也来拜年了。给叶有福老两口磕了头，问叶贵来，那马是战马吧大叔？

叶贵来也热情地说，不是什么战马啦，它只是一个交通工具，也算是一种待遇，我当的不是骑兵，啊。之后拿烟给他抽，刘乃厚一看是哈德门，又觍着个脸说是，这也是缴获的国民党的军用物资吧？

众人哈地都乐了。

叶贵来回家过年，在家待了六天。初六那天早晨走的时候，同时离村的还有三个男女青年。庄上一些老人说是，呀，又带走了三个呀，一个庄上出去的，互相照应着，家里也放心！

村长刘玉贞跟他们解释，他们一块走，可不是去一个地方，叶大哥是回部队，另外三个是去沂水培训，完了再随军南下！

有老人不明白，噢，老来子是先去打前站呀，完了他仨再去？

刘玉贞说，不一定呀，南方大了，哪能那么巧，正好分到一个地方？

多年之后，当人们听说叶贵来不要吴传爱了，庄上一些老糊涂虫还在那里瞎分析呢，老来子是跟一起走的那个小珍好上了吧？

刘乃厚就给他们解释，不是，小珍姑是去了安徽，老来子去了四川；他们根本就不在一个地方，互相也没什么联系。

接下来就是那个小黑板的故事了，相信细心的读者还有印象，这里就不再赘述。无非是叶贵来走了之后，吴传爱不放心，故而在门口的小黑板上写了"谦虚使人进步，骄傲使人落后"的名言，准备叶贵来下次回来以此告诫和提醒他的。不想叶贵来一去无消息，另三位随军南下的都有信回来了，唯独没有他的半点音信。她便年年盼、月月想，年年月月地在那块小黑板上描那几个字。她盼啊描啊，描啊盼啊，开始还盼人，后来就盼信，等那小黑板上的字已经描成沟壑了，无法再描了，信来了，是一封被刘乃厚称作公函的离婚通知书。

那个除夕之夜，吴传爱说是叶贵来若对不起她，要他小心什么的，可一个农村妇女，连丈夫在哪里都不知道，她又能怎样呢？更何况他们的儿子建国此时已经四岁了。

叶贵来南下蹬老婆这件事，在钓鱼台很不得人心。叶贵来的父亲叶有福当时气得昏死了过去，醒来之后发誓宁不要儿子，也要媳妇、孙子。刘乃厚这时方才对吴传爱小黑板上的那句话恍然大悟，这个叶营副还真是个骄傲自满的家伙，骑着借来的马回家纯是臭显摆呀，还在那里高高在上、牛皮烘烘呢，那马一惊，就摔了他个仰八叉，呵呵……

吴传爱听他这么说，也笑了，当然是苦笑。她离婚不离家，仍然带着孩子，侍奉着公婆，日子就这么过了下来。

我和吴传爱的儿子叶建国从小学到初中一直是同学。我们上初中的时候正是生活最困难的时期，有一次他要我帮他回一封信，我才知道这个来信的人是他的那个南下的父亲。他告诉我，其实这些年，他的父亲叶贵来一直跟家里有联系，并每月往家寄六块钱，同时明确告诉这六块钱的分法，是祖孙各三块。我问他，你爹每月往家寄六块钱，你娘知道吗？

他说，知道，说是我和爷爷每月各三块，其实爷爷并没单独花，全都交给了俺娘。

建国要我帮他回信，不是让我替他写，而是要我帮他参谋参谋他爷爷现在得了水肿病，要不要告诉他爹。

我说，为什么不告诉？

他说，俺娘不让告诉。

我说，这说明你娘还有积蓄呀，你爹每月寄六块钱回来，她总能留下点吧？

他说，哪有什么积蓄，我家就靠俺娘挣工分，根本挣不出口粮来，那点钱全都买了工分了。

我说，那就跟你爹再要呀，不要白不要不是？

他就让我看那些来信的信封。说是，他爹每次来信，都是一个前边带数字的信箱的地址，而不是他家的地址，回信也只能回到他的单位上。这说明他往家寄钱，他的那个新夫人并不知道，是他偷偷寄回来的，每次只寄六块，也说明他的工资是他夫人管着，这六块钱是他的零花钱，或者是他故意跟他夫人少说了一级。

我说，他有难处活该呀，谁让他当陈世美来着！

他的眼泪就掉下来了，之后唉了一声，说是我这个学上得太勉强了。

他最终还是没告诉他爹爷爷得了水肿病的事。没过多久，他就下学了，回家挣工分。

我曾一度以为他下学的原因，是受了我大哥刘玉华的影响。刘玉华，估计朋友们还有点印象，他是钓鱼台无师自通的小能人儿，会修手电筒、自行车，还能给猪打针，他有一句名言，特别对叶建国的心思，他说，中国之数学公式，不用中国之拼音，而用外国之字母，真乃卖国贼也，还 a 加 b 括号外之平方，等于 a 方 b 方再加 2ab 呢，加屌呀，你记住这个有什么用？科学与技术乃两回事儿，学点技术即可混饭吃，懂一点科学则暂时不能。叶建国对刘玉华特别崇拜，一下学就跟他学修理自行车和手电筒去了。

多年之后，我才明白，这个叶建国是个孝子，同时也是个心事很重、心思很细的人。

说着说着，就开始"文革"了。

那时候，说是大队以下不搞"文革"，可三鼓捣两鼓捣还是搞起来了。县上和公社都夺了权成立革命委员会了，钓鱼台也相应地夺了权成立了一个。成立了革委会你好好干哪，哎，不行，过些天不知咋地又让另一帮再夺权又成立了一个。在 N 次"翻烧饼"中的某一次，刘乃厚就成了钓鱼台革委会主任。

这天，刘乃厚正在村头的公路上看孩子们整毛泽东思想宣传站，就见长途停车点那里从车上下来三个人，一男两女，一看就是一家三口。大热个天儿，男的戴着墨镜，女的还蒙着纱巾，那女孩儿中学生模样儿，露着怯怯的神情。刘乃厚迎上去，哎，是外地来的吧，去谁家呀？背段毛主席语录再进村。

那男的一见刘乃厚，心里咯噔一下，寻思怎么这么寸，又遇见刘大革命了。遂摘下墨镜说道，乃厚呀，我是叶贵来，你叶大叔呀！

刘乃厚愣了一下，之后说是，你狗屁的大叔呀，你是陈世美，是蛇蝎一样的恶人，对你这种蛇蝎一样的恶人，绝不怜惜，一定要打翻在地，再踏上千万只脚，让你永世不得翻身！

叶贵来说，不就背一段毛主席语录吗？我们背就是了，啰啰别的干吗！

说着就背道，谁是我们的朋友，谁是我们的敌人，这是革命的首要问题……

正背着，刘玉华过来了，哎，怎么回事儿呀刘大主任？

刘乃厚说，陈世美回来了！

叶贵来最后一次离开钓鱼台的时候，刘玉华还小，不太有印象，但一听陈世美就想起是谁来了，遂说道，是建国的爸爸吧，那是老革命呀，本次"文革"的重点是整走资本主义的当权派，你见哪条最高指示或中央文件规定要整陈世美的？

刘乃厚最怕钓鱼台三个人，一是工作队长曹文慧，二是老村长刘玉贞，三就是这个刘玉华。曹文慧调走了，刘玉贞出嫁了，剩下的这个刘玉华倒不见得有多大的权威，但特别能啰啰儿，刘乃厚永远啰啰不过他。刘乃厚借坡下驴，说是看你的面子，让他们进村，但只准老老实实，不准乱说乱动！

刘玉华说，怎么说话呢？我劝你倒是要好好反省一下你自己的问题，特别你当维持会长的历史问题，啊，别拿着这个夺权得来的革委会主任太当回事儿，把人都得罪光了，对你不利！

趁刘乃厚愣怔的工夫，刘玉华领着叶贵来一家进村了。

稍后人们就知道，叶贵来一进家，就给他父母跪下了，而吴传爱躲了。他一跪，那娘俩也跟着跪下了。或许是隔代亲，叶有福先把那女孩拉起来了，叫了一声，孙女呀，快起来，你跪什么！之后揽着那女孩老泪纵横。完了才说是都起来吧，别给我丢人现眼了。

之后，叶有福把孙子叫过来，说是，建国呀，过来认认你妹妹！

已是半大小伙子的建国过来，叫了一声，妹妹——

那女孩也怯怯地叫了一声，哥——

叶有福又让孙子认了爹，叶贵来就抱着建国哭了。

叶贵来将妻子介绍给儿子，这是你鹿阿姨，叫鹿吟娇！

建国就乖乖地叫了一声，大姨——

鹿吟娇眼泪汪汪地掏出一百块钱给建国。建国不要，叶有福说，拿着吧，算是你姨的见面礼。之后说是，这些年苦了我孙子了，为了这个家，连中学也不上了。

叶贵来的眼泪就又掉了下来。

过会儿，叶有福问孙子，你娘呢？

建国说，回我姥娘家了！

叶有福就唉了一声。

村上的人慢慢就知道，叶贵来此次携家带口回钓鱼台，是躲武斗的。叶贵来从部队早已转业到一家兵工厂当厂长了，厂里分成了两派，基本瘫痪了，还发生了武斗；而他的妻子鹿吟娇是子弟中学的校长，也被剃了阴阳头，为防不测，遂带着全家回到了钓鱼台。

人们提着一斤鸡蛋二斤挂面地去探望叶贵来，是从刘玉华开始的。此前人们只知道叶贵来是陈世美，鹿吟娇是娇小姐，却不想这一家活得也不容易。钓鱼台也是他们的老家呀，怎么回来连门也不出？谁能不遇到点事儿？作为老家的人，就是要在他们最困难的时候，给以安慰，做他们的避风港呀，否则老家还有什么意义？这当然是刘玉华的观点，但全庄的人都接受。于是一传十、十传百地陆续一斤鸡蛋二斤挂面地去探望了。

吴传爱听说之后，也从娘家回来了。鹿吟娇管她叫大姐，叶贵来的女儿叶思源管她叫娘娘。她也掏出二十块钱给了思源。之后就像这家的主人似的侍候公婆，侍候全家。鹿吟娇比她小十岁，很漂亮，但并不娇气，家务活什么的也都抢着干。

最后刘乃厚也提着一斤鸡蛋二斤挂面去看了叶贵来。刘乃厚给他讲了小黑板的故事，讲了自己也是几年之后，才明白大婶写"谦虚使人进步，骄傲使人落后"那句话的用意，如今你遭了难，大婶能原谅你，我们也就无话可说。直讲得叶贵来泪流满面、羞愧不已。之后叶贵来说，我在传爱面前永远无地自容，无言以对，不求你们原谅我年轻时的荒唐，只望我下半辈子能为她、为家乡做点贡献。

刘乃厚就说，谁年轻时不荒唐？看你家新大婶，又年轻，又漂亮，叫谁也得犯错误。

叶贵来就把嘴角咧了咧，看不出是哭还是笑。

叶贵来一家在钓鱼台住了近两个月，得到四川方面有关部门的通知，鹿吟娇的"阴阳头"也看不出来了，无须蒙纱巾了，一家才离开。叶思源还不想走，说是哪里也不如老家好，叶贵来两口子答应以后每年都要回来，好说歹说，才将她劝走了。

叶思源对老家的认同感和归属感，特别让钓鱼台人高兴。再过几年，时兴知识青年上山下乡，叶思源就下到钓鱼台了。她在钓鱼台不到两年，又被推荐上了大学，毕业之后就一步步地熬了上去。待叶贵来两口子离退休的时候，她已是处一级干部了。

叶有福还真是有福，他老两口都活到了八十多。他们的后事，都是吴传爱和儿子叶建国料理的。

待叶建国成了家，有了孩子，自己也成了农民企业家。据说，这中间他同父异母的妹妹叶思源给他出了不少点子，帮了不少忙。刘玉华对此非常感慨，说忠孝廉悌四个字，忠孝比较容易做到，唯有廉悌做好很难，兄弟之间、兄妹之间，一般都是狗撕猫咬，哎，建国跟思源就特别亲、特别好。这说明城里人、知识分子，也是重视宗亲家族之类的传统观念的。

叶贵来离休的那一年，带着老伴鹿吟娇又回钓鱼台一趟。那时吴传爱和儿子叶建国都有责任田，正是秋收时节，叶建国用拖拉机将他娘俩地里的玉米拉回来了，在院子里堆了一大堆。叶贵来及两个前后老伴围着那堆玉米，坐在马扎上扒玉米皮。刘玉华正好从他家门口路过，看到院子里的情景，即在门外躲了起来，想听听他们三个待成块会说什么。他在门外站了近四十分钟，只听见哧哧啦啦扒玉米皮的声音，那三位却始终未发一言。他同时也就注意到，稍稍年轻点的时候，那个鹿吟娇挺漂亮、挺受看，可上了年纪，不如吴传爱老得好看了。此时吴老太鹤发童颜，富态、矍铄，鹿吟娇呢，则显得有点消瘦了，肤色不如吴老太健康。刘玉华还暗自琢磨了一会儿，那个鹿吟娇在物质生活上，应该比吴老太吃得好、穿得好、住得好，医疗条件更甭说，怎么就不如她健康呢？这说明人的健康状况，跟物质生活关系并不大，大的应该是心态跟环境吧？

还真是，比吴传爱小十岁的鹿吟娇不到七十就去世了，吴老太八十多了，还仍然身强体壮，能跑能颠。叶贵来将四川方面的家产处理了，即回钓鱼台与吴老太生活到了一起。叶思源也把钓鱼台当成了娘家，经常回来与他们团聚，如今他们儿孙满堂，其乐融融，好不快活！